土撥鼠情報隊
撥鼠情報隊

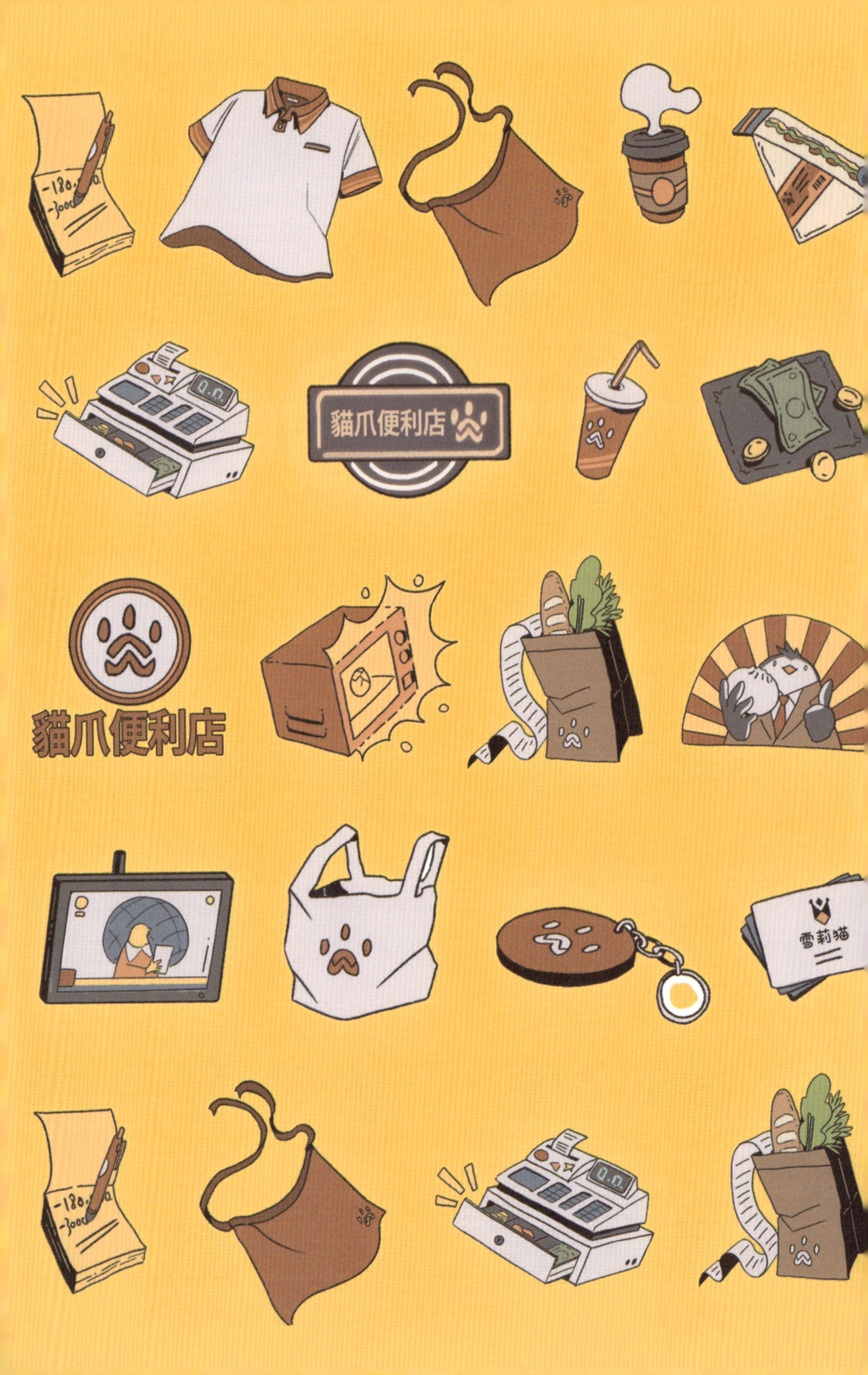
貓爪便利店
貓爪便利店
雪莉猫

多多羅／著

貓爪怪探團

混沌時代篇 1 百萬名畫失竊案

伊洛拉群島
地圖
待解鎖
待解鎖
待解鎖
待解鎖
草原城
雪山城
待解鎖
待解鎖
待解鎖
待解鎖
待解鎖
待解鎖
待解鎖

人物檔案

祕密小姐

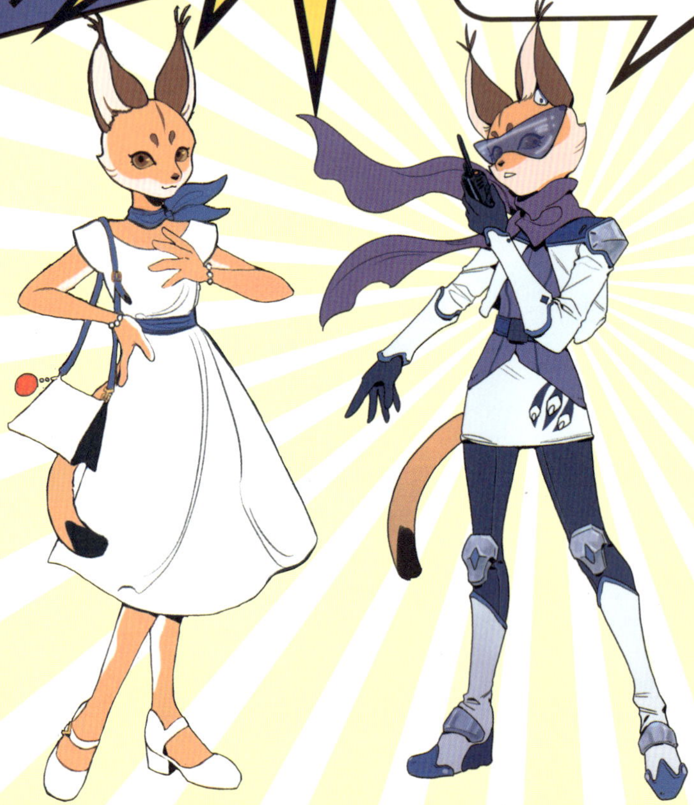

名字：雪莉貓　種族：獰貓

伊洛拉群島知名的大小姐，高貴、優雅、闊綽，是在幕後提供一切資源和智慧的「祕密小姐」。憑藉詳細的作戰計畫和先進的科技發明，掌握著伊洛拉群島的一切資訊！！

月光幻影

名字：尼爾豹　**種族：**雪豹

一隻樂天派雪豹，是貓爪便利店的員工，也是伊洛拉群島上刺破黑暗的「月光幻影」。他憑藉靈活的身手和巧妙的偽裝技術，在伊洛拉群島的暗夜中大放異彩！

發明大師

名字：多古力　**種族：**浣熊

畢業於克里特特國際學院，經過一番磨礪成為享譽世界的發明大師。

名字：啾多　**種族：**啾啾族

每天都會來貓爪便利店報到的上班族。

傳說中，這是一個由各式各樣厲害的人物組成的團隊，他們神出鬼沒，僅僅透過一個操作簡單的網站接受委託。無論對手是窮凶惡極還是老奸巨猾，他們都能一一搞定……有人說他們是罪惡的剋星，也有人說他們是譁眾取寵的小丑。但不可否認的是，他們的存在，就像是投入水中的石子、扇起微風的蝴蝶，最終產生了巨浪與狂風，深刻的改變了伊洛拉群島。

目錄

貓爪便利店

1

貓爪便利店

一大清早，一隻穿著西裝的、圓滾滾的啾啾急匆匆的推開了貓爪便利店的大門，只聽他高聲喊道：「啾！尼爾豹，快給我來兩個包子！」

貓爪便利店是一家坐落在草原城明鏡湖邊的小店，別看它店面不大，但是日用百貨、乾果零食應有盡有。不僅如此，這裡還從早到晚供應各種麵點、便當等，雖然味道一般，但是對於啾多這種每天忙著上班的打工啾啾來說，貓爪便利店真是再好不過的選擇了。

而這家便利店的店員，是一隻總是穿著制服、拿著拖把拖地、有著銀白底色和漂亮花紋的雪豹——尼爾豹。

啾多接過尼爾豹遞給他的包子，邁著自己的小短腿一下子跳到用餐區的椅子上，一邊吃一邊看著電視上播放的晨間新聞。螢幕中，黃鸝鳥主播用她那甜美的聲音播報著：

「新聞早知道，我是晨間新聞的黃鸝鳥主播。豬亨達公司將於今晚八點在普頓河上游的雪山城舉行盛大的水閘建設簽約儀式。眾所周知，豬亨達公司是一家對所有行業都有涉足的超大型企業，這次的簽約對它們會產生怎樣的影響……」

新聞中提到的普頓河是離貓爪便利店不遠的一條河流。普頓河上有一座雪山城，這座小城依賴普頓河的河水生活，雖然不是很富有，但卻是伊洛拉群島上少有的非常和平的城市。

啾多聽著新聞，一邊嚼著包子，一邊納悶的說：「啾，我怎麼記得雪山城那個金絲猴城主一直不願意簽約，怎麼現在又願意了？也不知道修了水閘之後，我還能不能去普頓河游泳啾，我們啾啾族可是一種水鳥啾……對了，今晚的簽約儀式據說非常盛大，反正雪山城離這兒不遠，我乾脆去見見世面好了……尼爾豹，要不要一起去啾？」

尼爾豹打著哈欠回答：「雪山城的事情跟我有什麼關係，下班了還去湊什麼熱鬧，我不如回家睡覺……嗚哇……」

說完，尼爾豹指了指牆上的掛鐘，問啾多：「啾多，都八點半了，你還不去上班嗎？」

只聽啾多一聲慘叫：「啾——！你怎麼不早說！這是我這個月第八次遲到了！」然後他咻的一下從椅子上跳起來，一溜煙的衝出了貓爪便利店。

沒有想到才一出門，啾多就和迎面而來的一隻有著棕黃色皮毛的獰貓撞上了！

獰貓扶住啾多，無奈的說：「啾多！你走路看著點兒！」

雖然撞到了人，但啾多因忙著上班，只能頭也不回的一邊往前跑一邊道歉：「對不起，雪莉貓老闆，但是我來不及了，先走一步啾——」

說著，啾多的聲音就消散在風中。

雪莉貓尖尖的耳朵動了動，無奈的拍拍自己漂亮的裙子，優雅的走進貓爪便利店。她是這家便利店的老闆，一進門就直接來到收銀台，查看起這段時間的帳本來。過了一會兒，雪莉貓無奈的說：「尼爾豹，怎麼便利店上個月又是虧損！這一筆維修費又是怎麼回事？」

「啊……」尼爾豹面露尷尬，挪到雪莉貓面前，「啊……這……前幾天我不小心把雞蛋放進微波爐裡加熱……然後就……就爆炸了……」①

看著尼爾豹支支吾吾的樣子，雪莉貓翻了個白眼，繼續看帳本，說：「不僅僅是維修費，還有這裡，我一眼就看出你算錯帳了……按照這樣算下來，你這個月虧損得更多！」

尼爾豹臉上掛著絕望的表情問雪莉貓：「啊？那……那我現在……欠你多少錢了？」

雪莉貓把帳本放在桌子上，眼睛一閉，心算了幾秒鐘，然後冷靜的回答：「上個月的

---

① 溫馨提示：危險動作請勿模仿。

時候你欠我一百八十萬，經過你這一個月的辛勤勞動，現在欠我一百八十萬零三千。恭喜。」

尼爾豹承受不住這個打擊，一下子滑坐到地上。雪莉貓歎了口氣：「唉……你說你為什麼老是在奇怪的地方出差錯呢？」

尼爾豹搖搖頭，耳朵隨著腦袋一甩一甩的，表示他自己也不知道。

這時，電視中的黃鸝鳥主播仍然在敬業的播報著晨間新聞：「關於豬亨達公司與雪山城的簽約儀式，雪山城的居民表示非常擔憂，他們擔心水閘建成之後，豬亨達公司會將普頓河的水據為己有……」

沒有客人的貓爪便利店裡，雪莉貓漫

不經心的看著電視新聞，瞥了尼爾豹一眼，問：「尼爾豹，你準備好了嗎？」

尼爾豹站起來眨了眨眼睛，露出一個神祕的微笑，回答道：「你放心，在今天的『盛大亮相』之後，我們貓爪怪探團的名字必將響徹整個伊洛拉群島！」

貓爪怪探團即將首次登上伊洛拉群島的舞台！

2

記者見面會

時間來到下午，普頓河邊正召開一場記者見面會。會場由豬亨達公司斥巨資打造，在河邊的草地上，整齊的擺放著一個個圓桌，上面有鮮花裝飾，而按照計畫，這些圓桌之後會被各式各樣的美味食物鋪滿，用來招待參加簽約儀式的各位嘉賓。而會場的周圍則布滿巡邏的保全，保護在場眾人的安全。整個會場最引人注目的就是那個高大華麗的舞台，聽說這是豬亨達公司的豪豬經理特地設計的，屆時，會有十幾盞聚光燈一起將光束打在舞台的中央，來凸顯出他的華貴與閃耀。

而現在，豬亨達公司的豪豬經理和雪山城的金絲猴城主正一起接受記者們的採訪。

一位記者興奮的舉起麥克風，問：「請問豪豬經理，這個水閘建成之後都有什麼好處呢？」

豪豬經理露出一個優雅的微笑：

修建水閘的時候，我們會同時在河邊修建一個工廠。水閘落成之後，普頓河的河水就會先流進工廠，為工廠提供能源，這樣我們的產能就會大大提升。諸位記者，這是一個開創豬亨達公司新紀元的壯舉，與我一起見證歷史吧！

站在一旁的金絲猴城主沒忍住，皺了皺眉頭，他的表情很快被記者們捕捉到，引發了新一輪提問：「金絲猴城主，據我所知，您之前一直都不同意這項合作，這次是什麼讓您改變了主意呢？」

金絲猴城主的眉頭皺得更緊了，他躊躇的拿起麥克風，想要說什麼，旁邊的豪豬經理猛咳了兩聲，隨後發出一陣陰陽怪氣的、讓人十分不舒服的笑聲：「嘻嘻嘻……」

金絲猴城主聽到這笑聲，抖了抖，然後支支吾吾的說：

他話音未落，就從會場外面傳來了一陣喧鬧聲，是一群動物在此起彼伏的高喊：

「金絲猴城主！絕不能同意簽訂合約啊！」

「對啊！我們堅決反對！」

喧鬧聲頓時吸引了在場所有人的注意，只見一群身材壯碩的動物衝破了保全的守衛，來到舞台下方，為首的猿猴指著金絲猴城主大聲說：「你難道不知道，這水閘一旦修好，我們就只能使用工廠排放的廢水了嗎?!豪豬經理在其他地方就是這樣幹的！」

金絲猴城主只緊閉著嘴巴，臉色鐵青，沒有回答。這時，豪豬經理滿臉堆笑，說：「嘻嘻嘻，我們已經約定好了，今天簽約之後，水閘就要正式動工啦，大家都能得到好處的嘛……」

「呸！」猿猴朝著豪豬經理吐了口口水，

「誰不知道你們豬亨達公司貪婪無恥。哼！我們雪山城的居民一定不會同意的！」

「哼。」豪豬經理冷笑一聲，臉色一下子就變得陰沉了，與之前那彬彬有禮的樣子截然不同，他揮揮手說，「伊洛拉群島的規矩難道你們都忘了嗎？每個城市由每個城市的城主管理。現在我出了錢，和金絲猴城主達成

了共識，哪裡輪得到你們說話？保全呢？快來，把他們給我趕出去！」

他剛說完，一群身穿黑西裝的野豬保全一擁而上，嘿咻嘿咻的把前來抗議的雪山城居民們全都扛了出去。而目睹了這一切的金絲猴城主仍然一言不發，彷彿這一切都跟他沒有關係。

豪豬經理重新面帶笑容對著記者們說：「嘻嘻嘻，這只是成功路上的小小插曲，但這不會阻礙豬亨達公司創造輝煌歷史的進程，也不會影響我們的合作，你說對吧，金絲猴城主？」

金絲猴城主嚥了口口水，點點頭。

豪豬經理滿意的對著所有人揮揮手，說：「好了各位，就敬請期待今晚八點的簽約儀式吧，嘻嘻嘻！」

金絲猴城主走下舞台，搖搖晃晃的來到會場附近一個偏僻的小樹林裡，確認周圍沒有人後，他雙腿一軟跪倒在地，倚靠在旁邊的大樹上。他看著眼前潺潺流過的普頓河水，擔憂的喃喃自語：「還有幾個小時就要簽約了……他們……會成功嗎？」

金絲猴城主口中的「他們」會是誰呢？

3

第一次行動

就在記者見面會進行的時候，在豬亨達雪山城分公司附近的小屋子裡，尼爾豹正將一個貓爪樣式的小巧耳機塞進耳朵裡，他試探性的說：「喂，喂，貓爪通訊器測試——我是尼爾豹，聽得到嗎？」

通訊器的那頭傳來雪莉貓清晰的聲音：「貓爪通訊器測試，我是雪莉貓……不對！現在是行動中，我們要使用代號！重來！」

尼爾豹撇撇嘴：「貓爪通訊器測試，我是月光幻影，祕密小姐能聽到嗎？」

雪莉貓滿意的回答：「祕密小姐收到。月光幻影，那麼現在就開始貓爪怪探團的第一個任務——潛入豬亨達雪山城分公司，救出目標人物，並且阻止簽約儀式進行。」

尼爾豹在小屋子裡搔搔腦袋，問：「啊？雪莉貓……」

雪莉貓帶著威脅語氣的聲音從通訊器中傳來：「嗯？」

尼爾豹趕緊改口：「啊不，祕密小姐，我要穿著便利店制服去執行這次任務嗎？」

雪莉貓說：「當然不是。月光幻影，你打開屋子裡的冰箱，看看裡面有什麼。」

冰箱裡面有什麼呢？

尼爾豹打開冰箱，看到裡面裝的並不是食物，而是一個手提箱。他拿出手提箱，打開一看——

一套制服展現在他的面前：黑紅風衣，長長的下擺閃爍著低調的光芒。

尼爾豹看到後不由自主的發出了一聲讚嘆：「哇，好帥！」

他急忙換上這身輕便帥氣的制服，戴上面罩，沒想到看似不透明的面罩完全不會阻擋他的視線。全都穿戴好後，尼爾豹在鏡子前欣賞起來：「哈，看上去還不錯，不過這身行頭有什麼特別的嗎？」

雪莉貓說：「衣服是使用防火材料製成的，面罩具有墨鏡功能，衣袖上有強韌的滑索。哦對了，如果用力跺腳，鞋子還可以發出煙幕彈。它們可是我和多古力大師一起研發的傑作。」

聽到多古力大師的名字，尼爾豹一下子變得猶豫起來，他問：「啊……多古力……祕密小姐，你們的發明靠得住嗎？我前段時間看格蘭島電視台的偵探紀實節目的時候，神探邁克狐就提到過，多古力大師的發明經常出差錯……」

「放心，這一套系統經過了我的嚴密測試，不會出問題的……應該吧。」通訊器那頭傳來雪莉貓沒那麼有自信的聲音，「總之，月光幻影，你的時間不多，這次是我們貓爪怪探團的第一次行動，只許成功——」

尼爾豹趕緊接道：「不許失敗！」

說完，換好衣服的尼爾豹又在身上套了一套清潔工的制服，就走到了大街上。

現在雪山城的大部分居民都聚集到了會場附近，等著簽約儀式開始，街上行人稀少，正好方便尼爾豹行動。他根據雪莉貓的指示來到了一個井蓋前，打開井蓋鑽進了下水道。

尼爾豹匯報說：「月光幻影已經到達目標點，一號行動開始。」

根據雪莉貓之前的調查，他們確認這次

的目標人物就被關在豬亨達雪山城分公司裡。這裡原本是一座廢棄的城堡，被豪豬經理買下來裝修了一番，就成了豬亨達公司新的辦公地點。而目標人物現在就被關在城堡塔樓的頂端。

雪莉貓說：「沿著下水道往前走五百公尺，你會遇到一個三岔口，選擇中間的那一條路。」

雪莉貓的聲音從貓爪通訊器傳到尼爾豹的耳朵裡，尼爾豹一邊前進，一邊非常有興趣的問：「雪——啊不，祕密小姐，你是怎麼查到她被關在這裡的？」

「很簡單，觀察。」雪莉貓冷靜中帶有一點兒得意的說，「豬亨達作為一個新進入雪山城的勢力，如果要把人囚禁起來，最好的囚禁地點就是自己買下的地盤。」

尼爾豹接著問：「那你是怎麼知道目標人物被關在塔頂這麼詳細的資訊的？」

雪莉貓自信的回答，語氣中甚至還帶著一絲興奮：「那就更簡單了——我花錢買通了這裡的後勤，他告訴我每天都會有一隻老鷹將飯送到塔頂去。好了，月光幻影，按照你的速度，你應該已經到達城堡正下方了。」

尼爾豹點點頭，他爬上下水道裡的樓梯，稍微用力就頂開了頭頂的蓋子。

尼爾豹嘀咕著：「沒想到第一次執行任務居然會是從下水道出場……真的是一點兒也不帥……」

儘管嘴上抱怨著，尼爾豹的眼睛卻在黑暗的環境中瞪得大大的，耳朵高高豎起，留意著周圍的動靜。

「這裡好像是一個儲藏室啊，有好多可

以吃的……」尼爾豹東張西望了一會兒，順手將地上的幾個蘋果放進了小包裡。

這時，雪莉貓透過通訊器問：「現在你在城堡地下一層的地窖裡，之前給你的城堡結構圖看過了嗎？」

尼爾豹回答：「看過了，城堡背面還是修繕狀態，我需要從城堡的背面到塔頂。」

根據結構圖，尼爾豹屏住呼吸來到了一樓。由於要準備今天的簽約儀式，這個分公司所有的員工都已經前往會場，只有個別守衛留了下來。這也是貓爪怪探團選擇在今天行動的原因。

這時，雪莉貓聽到尼爾豹發出了一聲感嘆：「哇……好高……」

原來，尼爾豹繞到城堡的背面，看到還沒來得及修繕的城堡背面爬滿了綠色的爬牆虎，茂密的葉片甚至掩蓋住了牆壁本身的顏色。這是一座有些老舊的城堡，許多地方都隨著時間的流逝而變得破敗。尼爾豹仰起腦袋，塔頂離地面有六七層樓高。他搖晃了一下自己的尾巴，輕巧的走上樓梯。多虧了貓科動物爪子上的肉墊，搭配上多古力和雪莉貓研發的行動服，尼爾豹一路上一點兒聲音也沒有發出，很快就來到了第四層樓。

可是通往第五層的樓梯已經坍塌，只能靠臨時搭建的鷹架才能通過。尼爾豹探出腦袋望了一下，有一個野豬守衛正靠著鷹架打瞌睡。雖然尼爾豹現在就在鷹架旁邊躲著，可是只要他走上去，就一定會被野豬守衛發現。

尼爾豹開始思考：「不能引起其他守衛的注意……我得想個辦法把他引開，再以最快的速度通過鷹架……」

正當尼爾豹縮在牆角想辦法的時候，他的耳朵敏銳的動了動，聽到了一陣腳步聲。他轉身一看，樓梯的拐角處出現了一個影子，看來是另一個守衛正在上樓。

尼爾豹靈機一動：「有辦法了，借他的衣服用用！」他拿著一根木棒，躲藏起來。一步，兩步……就在那個守衛即將出現在尼爾豹面前的時候，尼爾豹拿起木棒一揮！

木棒竟然卡在了那個羚羊守衛頭頂的角上！

只能聽到聲音的雪莉貓不知道發生了什麼，馬上在通訊器裡問：「怎麼了？月光幻影，請回答！」

而此時的尼爾豹完全顧不上回答雪莉貓，羚羊守衛先是愣住了，然後瞪大了眼睛，再然後張開嘴巴，就要叫出聲來。

要是讓羚羊守衛喊出聲來，引起了其他守衛的注意，那可就糟糕了！

就在這時，尼爾豹眼疾手快的一把捏住了羚羊守衛的嘴巴，讓他嘴巴張不開、發不了聲，然後猛的將頭狠狠的撞向羚羊守衛的腦袋。

羚羊守衛被撞得兩眼一黑，暈了過去。

尼爾豹此刻也頭暈眼花，不過他趕緊搖搖腦袋，唰唰兩下就把羚羊守衛的制服扒下來穿上了。裝扮成守衛的尼爾豹掏出剛剛在地窖拿的蘋果，大搖大擺的朝鷹架走去。

睡得昏昏沉沉的野豬守衛聽到腳步聲一下子驚醒過來，質問道：

「呼……嗯？站住！你是誰啊？」

面對野豬守衛的質問，尼爾豹絲毫沒有驚慌，張口就說：「我是來給樓頂的人送飯的！」

野豬守衛瞇起眼睛：「我怎麼沒見過你啊？」

尼爾豹毫不驚慌，滿臉堆笑的說：「哎喲，今天不是大日子嘛，老鷹他們都想去湊熱鬧，我就是一個代班的！」

「哦……」

野豬守衛的眼睛直勾勾的看著尼爾豹手裡拿著的蘋果，尼爾豹趕緊把蘋果塞到野豬守衛的手上：「大哥吃蘋果，大哥吃蘋果，我這就上去送飯了。」

野豬守衛咬了一口蘋果，沉醉在蘋果甘甜的味道與清脆的口感中，揮了揮手：「上去吧，上去吧……」

野豬守衛把尼爾豹放了過去，可是他忽然想起什麼似的，猛的回頭，問：「不對啊，老鷹怎麼可能讓你來送飯，這上面你根本上不去！」

野豬察覺到不對，剛要喊人，然而尼爾豹

的反應更快，抄起木棒狠狠的打向野豬守衛。

「啊……好多星星……」

野豬守衛砰的暈倒在地，尼爾豹敏捷的爬上鷹架，來到了五樓，眼前的景象讓他不禁咋舌，發出感嘆：「祕密小姐，我總算是知道為什麼要讓老鷹送飯到頂樓了……」

雪莉貓冷靜的聲音從通訊器那邊傳過來：「啊，我知道，五樓連鷹架都沒有。」

尼爾豹看著面前完全坍塌的樓梯，再抬頭看了看自己絕對跳不上去的高度，問：「接著我要怎麼辦？這裡太高了，我跳不上去。」

雪莉貓自信的聲音傳來：「別擔心，月光幻影，一切都準備好了。你看到你手套上的按鈕了嗎？按一下。」

尼爾豹按下手套上的按鈕，下一秒，原本普通的手套上忽然浮現出一個個吸盤！

「這是什麼？」尼爾豹瞪大眼睛觀察著手套問，

「怎麼變出來的？」

雪莉貓得意的回答：「這是我和多古力大師共同研發的仿生手套，模仿了樹蛙類動物的吸盤，並加以改良，無論是在光滑還是粗糙的平面上，都有很強的吸力。有了這個，你就能透過外牆爬上去啦！」

尼爾豹對這新奇的裝備非常感興趣，他原地跳了兩下熱身，然後把爪子按在牆壁上，果然手套就像是吸盤一樣緊緊的吸附在了上面。

尼爾豹說：「祕密小姐，這個裝備真的有用！」

雪莉貓說：「那是當然。月光幻影，快上去解救目標人物吧！」

然而當尼爾豹興致勃勃的往上爬的時候，他不知道的是，在基地的雪莉貓正鬆了口氣，在一本叫作「新品實驗紀錄」的冊子上打了個鉤。

借助仿生手套的力量，尼爾豹很快便爬到了塔樓頂部房間的窗戶旁。他探出腦袋，試圖往裡面張望，可就在這時，一個纖細的聲音從他頭頂傳來——

「可惡的壞蛋！看招！」

隨著一聲怒喝，一隻長著金色絨毛的小

猴子揮著棍子就往他腦袋上招呼過來，尼爾豹趕緊一偏頭，棍子砸到了窗台，發出一聲悶響。

「別弄出動靜！」尼爾豹掛在窗台上，趕緊說道，「娜娜米，我是你父親請來救你的！」

原來，這隻小猴子就是金絲猴城主的女兒娜娜米。娜娜米此刻手裡拿著一根細細的木棍，謹慎的盯著尼爾豹。

守衛裝扮，奇怪的手套，最重要的是……還戴著面罩遮住了臉，這怎麼看也不像是個好人。

看著娜娜米狐疑的樣子，尼爾豹催促道：「總之，我們現在要趕緊到普頓河邊的簽約會場去，再晚就來不及了！你先讓我進去！」

娜娜米皺起了眉頭，雖然她還是對這個奇怪的人抱有懷疑，但是現在更重要的是阻止簽約儀式。她把棍子放到一邊，伸出手說：「好吧，你趕快進來！」

誰也沒想到，變故就在這一瞬間發生了！當尼爾豹正準備爬出這最後一步的時候，仿生手套左手的吸盤竟然失效了，他左手忽然沒了支撐點，整個身體只靠右手貼在牆壁上，掛在半空搖晃。

最可怕的是，右手的吸盤也逐漸失去了吸力。

「祕密小姐！這手套怎麼了?!」尼爾豹頓時驚慌起來，這可有六層樓高啊！「你不是說沒問題嗎?!」

雪莉貓也慌了神，一邊翻看發明紀錄，一邊說：「啊？不應該啊……你看看周圍有什麼可以支撐一下的地方，這個手套遇到故障會自動重新開機，你只要支撐30秒就好了！」

30秒！可是這周圍一點兒能夠供尼爾豹攀附的凸起都沒有，這可怎麼辦！

就在右手吸盤吸力越來越小的千鈞一髮之際，一條繩索落到尼爾豹面前。

「抓住它！」

娜娜米將繩索的另一端牢牢的綁在床腳，尼爾豹一把抓住繩索，掛在了半空中。

他這才發現，這條繩索是用床單和被套綁在一起做成的。這時，30秒過去，仿生手套重新啟動，尼爾豹迅速爬進了房間。

成功進入房間的尼爾豹總算鬆了口氣，他虛弱的說：「祕密小姐，下次產品能不能測試好了再給我用？」

雪莉貓有些心虛的聲音傳來：「嗯哼，我會提醒多古力大師注意這一點的。好了，月光幻影，快帶上娜娜米到會場去！」

4

豬亨達公司的陰謀

夜幕降臨，但普頓河邊現在卻比白天更加明亮、更加璀璨——所有為簽約儀式布置的燈光全都亮了起來。這一個分區所有的城主與富豪都收到了邀請函，來普頓河邊見證這一場重要的簽約儀式。

雪莉貓此時也換上了禮服，她剛一進會場，豪豬經理就迎了上來，笑著說：「啊，雪莉．海麗斯小姐，您的光臨真是給這個會場增添了光彩。嘻嘻嘻。」

雪莉貓面無表情的點點頭：「非常期待這次簽約。」

說完，她就頭也不回的離開了。

豪豬經理早就聽說這位海麗斯集團的大小姐非常冷淡，他悄悄的哼了哼，然後趕緊去招待其他的客人了。

雪莉貓隨便拿起餐桌上的一杯果汁，走到角落裡，悄悄的說：「儀式馬上就要開始了，月光幻影，你都準備好了嗎？」

尼爾豹的聲音透過貓爪通訊器傳來：「一切都已經準備就緒。」

過了一會兒，當鐘聲響起，時針分毫不差的指向八點的時候，全場的聚光燈一瞬間通通照向高高的舞台。而豪豬經理此刻穿著閃閃發亮的西裝，滿頭的毛髮也用髮膠打理得整整齊齊，他撥弄了一下胸前佩戴的玫瑰花，昂首挺胸的站在舞台中央的麥

克風前。與他相比，一旁的金絲猴城主就顯得有些憔悴和落魄了。

「咳咳！」豪豬經理在麥克風前清了清嗓子，滿意的看到所有人的目光都聚集到了自己身上，他繼續說，「今天是開創普頓河歷史的一天！就在今天，普頓河將會為豬亨達公司所用，而豬亨達公司的產能將會得到前所未有的提高！當然，雪山城的居民們不需要擔心，大家都能夠得到好處……現在，就讓我們在代表著這一切起始的合同上簽字吧，嘻嘻嘻！」

隨著音樂，服務生將一個被絲絨布蓋住的東西推上舞台，豪豬經理滿臉得意，他知道，絲絨布下面是他特地讓最好的工匠打造的最豪華的寫字台。他將非常優雅的掀開絲絨布，到時候肯定會有非常多的記者拍照。而明天，他開創歷史的照片肯定能登上《伊洛拉日報》的頭條。

豪豬經理嘿嘿一笑，隨後在萬眾矚目下，一把掀開了這塊絲絨布。

「哼哼——」

只聽豪豬經理發出一聲長長的叫聲，同時，大家也聽到一個清脆的聲音喊道：

「爸爸！」

天哪，絲絨布下面並不是放著合約的寫字台，而是一隻金色絨毛的小猴子，在場的雪山城居民一眼就認出來，這是金絲猴城主的女兒娜娜米！

娜娜米一下子撲到金絲猴城主的懷裡，金絲猴城主先是滿含淚水的擁抱了自己的女兒，然後站起來撲到豪豬經理的面前，一

把將他的麥克風搶過來，說：「各位！現在我女兒被救了出來，我終於可以說出事情的真相了！」

豪豬經理見勢不妙，趕緊大喊著：「快關掉他的麥克風！快！」

可是無論工作人員怎麼擺弄，都於事無補，因為雪莉貓早就控制了會場的電路。金絲猴城主的聲音透過音響迴盪在會場的上空：「我並沒有同意簽訂這份合約！是豪豬經理綁架了我的女兒，逼我這麼做的！我也知道，如果簽訂了合約，普頓河將會完全成為他賺錢的工具，雪山城的居民從此就會沒有足夠的水用，沒有乾淨的水喝……」

金絲猴城主的話引起了軒然大波，在場的客人們紛紛議論起來：

「天哪，竟然是這樣！」

「豪豬經理太無恥了，快把他抓起來！」

豪豬經理憤怒不已，大吼道：「可惡！你們真是敬酒不吃吃罰酒！」

一群保全從台下跑了上來，想要搶先抓住金絲猴城主和娜娜米。

可是就在這時，一陣陣聲響在他們頭頂響起。

從天而降的鞭炮劈里啪啦的在舞台上

炸響，炸得保全們四處亂竄，爆出的火星兒甚至點燃了豪豬經理塗滿髮膠的頭髮，將他弄得滿頭焦黑。

「是誰?!」

狼狽的豪豬經理憤怒的朝頭頂望去，只見一個帥氣而陌生的身影立在舞台的上方。

豪豬經理生氣到了極點，渾身的尖刺都高高的豎起，下一秒就直直朝那個身影射去。但是那個身影只輕輕一躍，就躲過了所有的尖刺。

背對著一輪明月，那個身影被月光勾勒得清清楚楚。緊接著，台上的聚光燈全都打到了他的身上，將他的模樣完完全全的展示了出來。

大家這才看清楚，這是一個看不出是什麼動物的神祕身影，他穿著優雅的制服，制服的長下擺在月光下隨風飄揚。他紅色面罩下的眼睛閃爍出明亮的光輝，只聽他高聲說道：

「維護正義也是一門藝術，各位，歡迎來到貓爪怪探團的表演時間。現在由月光幻影來為大家獻上一場華美的表演。」

說完，這位自稱月光幻影的怪探打了一個響指，會場上那些裝飾用的氣球竟然紛紛朝天空中飛去，不一會兒就在人們的頭頂匯聚成一片五顏六色的「球海」。

緊接著，月光幻影比出一個手槍的手勢，然後說：

「砰！」

就像是真的發射了子彈一樣，空中的一個氣球忽然爆開，並引起了連鎖反應，其他氣球接二連三的爆炸。

「呼——」

月光幻影將手指放在唇邊輕輕一吹，就像是在吹去槍口的硝煙。不過大家可沒來得及欣賞他的表演，因為隨著破裂的氣球紛紛揚揚掉下的，還有雪花似的紙片！

「這……這是什麼？」

在場的人們接住紙片，看到上面除了一個貓爪樣式的標誌之外，還寫著：貓爪怪探團，消除您的一切煩惱。下面則是一個網址。

「伊洛拉群島的居民們！貓爪怪探團靜候你們的委託，再見！」

當大家再次抬頭的時候，那位月光幻影就真的如同幻影一般消失在月光中。

雪莉貓在喧鬧的人群中心滿意足的喝下果汁。她知道，經過這一次閃亮登場，貓爪怪探團的名字將響徹伊洛拉群島。

第二天早上——

「你聽說貓爪怪探團了嗎啾？」

啾多今天起了個大早，跑到貓爪便利店買了份早餐，坐在用餐區興致勃勃的問尼爾豹。

尼爾豹有一搭沒一搭的掃著地，毫無精神的回答：「啊？沒聽說……」

啾多難以置信的瞪大了眼睛，他打開電視，立刻調到新聞頻道，黃鸝鳥主播的聲音傳了出來：「新聞早知道，我是晨間新聞的

黃鸝鳥主播。昨日，在普頓河邊舉行的簽約儀式上驚現神祕的『貓爪怪探團』，其揭露了豬亨達公司的邪惡手段……」

啾多指著電視說：「現在全伊洛拉群島沒有人不知道貓爪怪探團，我還去他們的網站看了一眼啾，是真的！啾，你說這個怪探是不是偵探的意思？我有個遠房親戚就在格蘭島的大神探邁克狐手下做助理啾……」

尼爾豹打了個哈欠：「貓爪怪探團，怎麼跟我們便利店的名字一樣啊……什麼委託都接嗎？能幫我掃地嗎？」

啾多白了尼爾豹一眼：「你就是這麼沒企圖心！人家怪探團肯定是要做大事的！大家都叫貓爪，人家就能伸張正義、打擊壞人，而你就只能天天在這兒掃地，還老算錯賬！」

尼爾豹沒有反駁啾多，只是指了指掛鐘：「你又要遲到了。」

啾多跳了起來，發出一聲慘叫：「啾！你怎麼不早說！這是我這個月第九次遲到了！」

祕密小姐的電台時間

引子：貓爪怪探團

各位委託人，歡迎來到祕密小姐的電台時間。

今天是我們貓爪怪探團初次登場的日子。顧名思義，這是一個以貓爪為標誌的怪探團。那麼什麼是怪探呢？當然就是奇怪的偵探了。和格蘭島的神探邁克狐不一樣，我們怪探團可不走尋常路，我們隱藏自己的真實身分，我們使用各種神奇的發明，我們來無影去無蹤……

在法律和制度不完善的伊洛拉群島，我們只能用這種方式來幫助遇到麻煩束手無策的居民。但我們自己也沒想到，從第一天起，我們貓爪怪探團竟然就已經被捲入了一場驚天的陰謀中……

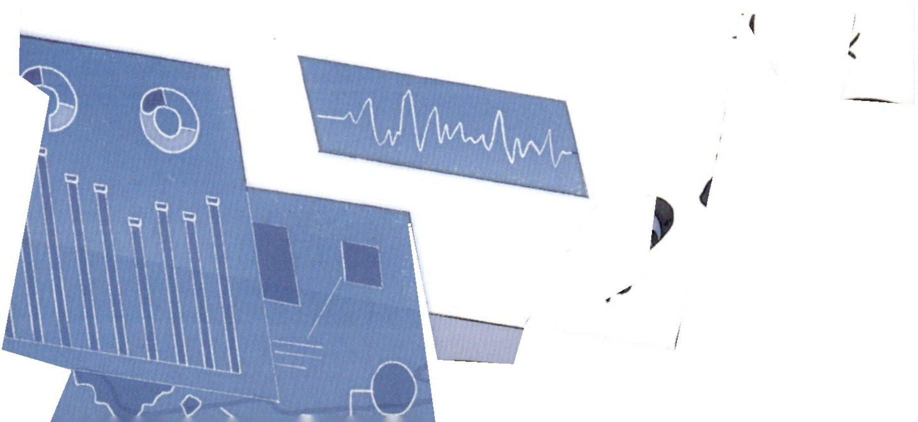

5

啾多的畫像

晚上九點，安安靜靜的貓爪便利店裡響起一陣匆忙的腳步聲，啾多推開門走了進來。剛剛結束加班的他一臉疲憊，無精打采的說道：「啾，尼爾豹，一份加班套餐。」

說完，啾多從口袋裡掏出幾個硬幣，拍到桌子上。尼爾豹點點頭，收起硬幣，將一份加熱後的便當和一杯免費檸檬水端給啾多。原來這就是啾多的加班套餐。啾多一蹬腿，圓滾滾的身子坐到用餐區的椅子上，埋頭吃了起來。

這時，便利店的電視裡播放起了晚間新聞：

「觀眾朋友們晚安，我是黃鸝鳥主播。首先來看今天的重磅新聞：昨日，收藏於雪山城美術館的名畫《戴珍珠耳環的獼猴》被盜，盜竊現場留下了一張署名為『名畫大盜』的卡片。名畫大盜在卡片中宣稱，伊洛拉群島所有名貴的畫作都將成為他的囊中之物。據悉，這已經是被名畫大盜盜走的第五幅名畫。目前，雪山城的警方正在全力追查，但尚未取得任何進展……」

啾多一邊吃著便當，一邊評價：「我看啊，想要抓住名畫大盜，只能等貓爪怪探團出動了。」

自從貓爪怪探團在雪山城揭露了豬亨達公司的陰謀，完成了第一件委託案之後，啾多就成了貓爪怪探團的頭號粉絲，無論做什麼事都要提到貓爪怪探團來給自己打氣。

啾多感覺周圍非常安靜，一抬頭，忽然發現尼爾豹不知何時坐到了他的面前，正睜著兩隻圓圓的眼睛，眨也不眨的望著他。啾多一下子愣住了，問：「尼爾豹，你……你盯著我幹麼啾？」

尼爾豹做了一個「噓」的手勢，說：「別動，馬上就要完成了。」

啾多伸著脖子一看，尼爾豹面前的桌子上鋪著一張雪白的畫紙。尼爾豹爪子裡握著一支畫筆，他一會兒看看啾多，一會兒低著頭在紙上塗塗畫畫，臉上的神情非常專注。

啾多一下子坐直身子，順了順自己的頭髮，說：「啾，原來你是在給我畫像啊啾，想不到你還有這個才能。咳咳，請把我畫得帥一點兒啾。」

說完，啾多對著尼爾豹露出了一個標準的繪畫模特兒的微笑。

唰唰唰——尼爾豹揮舞著畫筆，沒過多久就完成了畫作。他看著自己畫的畫，滿意的點了點頭。

啾多興奮的拿過畫稿一看，臉色卻突然一變，不滿的問：

「尼爾豹，你畫的是什麼？這個圓滾滾的馬鈴薯是什麼東西？」

尼爾豹搔了搔下巴，說：「你看不出來嗎？這是你的身體。」

啾多問：「那馬鈴薯下面的兩根棍子是什麼啾？」

尼爾豹答：「那當然就是你的腿了。」

啾多又問：「那……那馬鈴薯上面插的三根天線呢，又是什麼？」

尼爾豹又答：「哦，那是你不太茂密的頭髮。」

聽完，啾多氣得一時說不出話來，用翅膀扶著自己的腦袋。過了一會兒，他才歎了一口氣感嘆道：「唉，尼爾豹，我看你啊，根本沒有一點兒繪畫的天賦。」

尼爾豹卻微微一笑，把畫小心翼翼的收了起來，說：「啾多，這簡直就是天才的作品。只要在畫上再添上幾筆，就是一幅世界名畫，你信不信？」

啾多重新拿起筷子，不屑的說：「我才不信啾。你不要搗亂了啾，讓我安靜的吃完便當。」

「讓我安靜的吃完便當……」尼爾豹喃喃重複道，忽然他眼睛一亮，「啾多，你真是幫了我一個大忙！」

啾多不知道尼爾豹的話是什麼意思，吃完便當之後，他就回到了家裡。然而，令啾多做夢也沒有想到的是，尼爾豹畫的這幅畫居然真的搖身一變，成了一幅世界名畫。

6

「天才畫家」的誕生

幾天之後的一場名畫拍賣會上，身穿筆挺西裝的松鼠主持人站在台上，台下坐滿了前來競拍的嘉賓。松鼠主持人敲了敲木槌，讓現場安靜下來，鄭重的宣布：

「各位來賓，歡迎來到今天的拍賣會，現在還剩下最後一件要拍賣的作品。這件作品非常神祕，連我也沒有見過它的真面目。現在，就讓我們邀請它的作者——畫家達·芬不奇先生親自揭開它的神祕面紗吧！」

達·芬不奇先生？台下的嘉賓們鼓了鼓掌，心裡都有些疑惑，他們從沒有聽說過這個畫家的名字。

這時，台下一隻獅子站了起來。他穿著一身帥氣的西裝，一頭飄逸的毛髮頗有藝術家的氣質。他大步迅速的走到台上，微微一笑，露出一口雪白的牙齒。只見他自我介紹說：「大家好，我是畫家達·芬不奇。可能很多人沒有聽說過我，不過沒關係，我的名字很快就會傳遍伊洛拉群島。今天我要為大家帶來的，是我花費十年時間才創作出的一幅作品。它稱得上是一位繪畫天才的代表作。這樣一幅不同凡響的畫，我給它取了一個十分特別的名字——《讓我安靜的吃完便當》。接下來，請大家不要眨眼喲——」

畫家達·芬不奇在所有人的注視下，揭開了畫上蒙著的絨布。台下的嘉賓一個個頓時睜大了眼睛，臉上的表情一半是震驚，一半是困惑。他們面前的這幅畫，畫上只用寥寥幾筆勾勒出了一個馬鈴薯的輪廓，馬鈴薯有兩隻小眼睛，勉強能看出畫的是一隻胖胖的啾啾。這隻啾啾頭上有三根天線一樣的頭髮，手裡握著兩根筷子，面前則是一個盒子，裡面有幾顆飯粒——也許，這就是他正在吃的便當？

沒錯，這幅畫就是之前尼爾豹為啾多畫的那幅畫像，後來他又添上了幾筆，署上了「達·芬不奇」的名字。而這位畫家達·芬不奇，自然就是尼爾豹假扮的。

這幅畫一亮相，就引起了現場的一陣騷動，大家紛紛感嘆道：

「幾十年來，我從沒有見過這樣的作

品……」

「不同凡響，不同凡響！」

「啊，誰帶了眼藥水，我需要洗洗眼睛！」

還好松鼠主持人經驗豐富，他清了清嗓子，鎮靜的說道：「咳咳，大家請安靜。現在開始拍賣這幅……呃……《讓我安靜的吃完便當》，請大家依次出價！」

拍賣開始了，然而現場卻出現了一陣長久的沉默。大家互相望著，沒有一個人為這幅《讓我安靜的吃完便當》出價。尼爾豹假扮的畫家達・芬不奇站在台上，雖然臉上還保持著從容的微笑，尾巴卻不安的捲了起來。他按了下耳朵裡的貓爪通訊器上的按鈕，悄聲說道：「喂，喂，祕密小姐，輪到你出場了，你不會睡著了吧？」

貓爪通訊器裡傳來雪莉貓輕輕的笑聲：「嘻嘻，別著急，月光幻影，我只是在證實我的推測——沒有人願意為你的畫出一分錢。」

尼爾豹吐吐舌頭，斜著眼睛看了看松鼠主持人，悄悄說：「現在不是討論這個的時候，你要是再不出價，我就要被趕下去了。計畫失敗了，可不能怪我啊。」

由於一直沒有人出價，松鼠主持人舉起了小木槌，說：「好，既然沒有人出價，那我宣布……」

「等等，我要拍下這幅畫，」就在這時，一個清脆的聲音一字一頓的說道，「我出——一、百、萬、元。」

會場響起此起彼伏的疑問聲，所有嘉賓都轉過頭去，驚訝的看著說話的人。一位身穿黑色長裙的貓小姐緩緩站了起來。她戴著一頂小巧的圓禮帽，遮住了自己標誌性的長耳朵。

松鼠主持人有些難以置信的問：「我沒聽錯吧，您為這幅畫出價一……一百萬元？」

雪莉貓假扮的貓小姐優雅的一笑，說道：「當然沒聽錯。《讓我安靜的吃完便當》這幅畫的價值甚至遠遠超過了一百萬元。大家請看，這粗獷有力的線條，這簡潔明朗的構圖，這自由揮灑的畫風，作者只用了寥寥幾筆，就刻畫出了一個活靈活現的人物。從這幅畫中我們看到了什麼？我們看到了一隻啾啾，他雖然疲憊不堪，但眼中卻燃燒著對食物、對美好生活的渴望。這是多麼原始、質樸而又強烈的生命力！這股生命力從畫中源源不斷的湧現出來，讓人無法挪開眼睛。不得不說，達·芬不奇先生是一位真正的野獸派畫家，更是一位百年難得一遇的繪畫天才。我不僅要用一百萬元買下這幅畫，以後達・芬不奇先生的所有作品，我都會以同樣的價格買下來！」

現場所有人都久久的凝視著這幅畫，越來越覺得貓小姐說得有些道理，會場中再也沒有質疑的聲音，大家看貓小姐的眼神中反而都帶著崇敬。

此刻，松鼠主持人高高舉起了小木槌，問：「貓小姐出價一百萬元，有比她更高的出價嗎？三、二、一……成交！」

木槌敲響，這幅《讓我安靜的吃完便當》以一百萬元的價格成交了，拍賣現場一片轟動。第二天，伊洛拉群島所有的報紙和電視都爭相報導了這一新聞。不久之後，畫家達・芬不奇的新作《我快遲到了》又以一百萬元的價格被貓小姐買了下來。不少人稱讚達・芬不奇的畫是世界名畫，而神祕的

達·芬不奇本人也一躍成了伊洛拉群島最受追捧的畫家。

越來越多的人對達·芬不奇的畫產生了好奇，希望能夠親眼看一看。就在這個時候，貓小姐在電視上宣布了一個重要消息：「伊洛拉群島的居民們，為了讓大家都能欣賞到達·芬不奇先生的作品，我決定將我收藏的這幅《讓我安靜的吃完便當》放在草原城美術館進行免費展覽，為期三天。機會僅此一次，千萬不要錯過。」

第二天一早，草原城美術館門前就排起了長隊，要是問這些排隊的人來這裡的目的，那麼答案只有一個：親眼看一看那幅名聲大噪的畫——《讓我安靜的吃完便當》。

這幅價值一百萬元的名畫如今鑲嵌在精美的畫框裡，懸掛在美術館最顯眼的位置。觀眾們爭先恐後的擁到這幅畫面前，而等到他們離開的時候，他們的臉上無一例外都寫著一個大大的問號。

啾多也來到了美術館，他擠過人群，艱難的扒開一條縫，說：「讓我看看，讓我看看，咦……」

他看著畫，一會兒搖搖頭，一會兒又恍然大悟的點點頭：「這幅畫和尼爾豹給我畫的那幅很像嘛啾，不過多了幾筆，還多了一盒便當。嘖嘖嘖，也許就是這幾筆給畫賦予了靈魂，這就是大師和普通人之間的差別吧啾。哎喲，時間不早了，我得去上班了啾。」

說完，啾多鑽出人群，離開了美術館。而化裝成達・芬不奇的尼爾豹站在畫旁，忍不住捂著嘴笑了出來。

「咳咳，注意保持藝術家的姿態。」化裝成貓小姐的雪莉貓在一旁提醒道。

尼爾豹趕緊挺挺胸，站直了身體。

站在尼爾豹和雪莉貓身旁的，是草原城美術館的赤狐館長。她身體有些駝背，戴著一副厚厚的眼鏡。她看著人潮湧動的美術館，感嘆道：「美術館好久沒這麼熱鬧啦，上次有這麼多人，還是那幅叫作《草原城之春》的名畫第一次在這裡展出的時候。唉，這幅畫現在掛在美術館，也沒有多少人來看了。不過……」

赤狐館長忽然壓低聲音，對尼爾豹和雪莉貓說道：「前一段時間，一到晚上我就會聽到奇怪的腳步聲，美術館的地板上還出現了神祕的腳印。我想，肯定是名畫大盜盯上美術館裡的《草原城之春》啦，所以我才向貓爪怪探團發布了委託，希望你們能夠保護這幅畫。但現在你們卻搞得聲勢如此浩大，這麼多人擁進美術館，難道不會讓名畫大盜更容易得手嗎？」

赤狐館長的眼睛裡滿是擔憂。尼爾豹卻拍了拍胸脯，自信滿滿的說道：「這就是貓爪怪探團的風格。赤狐館長，你就在這裡好好的欣賞我的大作，至於名畫大盜嘛，就交給我們貓爪怪探團。」

雪莉貓點點頭，臉上露出一個神祕的笑容：「放心吧，名畫大盜已經上鉤了。一切都在按計畫進行。」

7

祕密小姐的完美計畫

時間很快來到《讓我安靜的吃完便當》展出的最後一天。雖然這幾天美術館裡人流如織，但一切風平浪靜，並沒有名畫大盜的蹤影。

尼爾豹在美術館裡四處望了望，打了個哈欠，說道：「美術館周圍有草原城的警察巡邏，美術館裡還有羚羊警衛和斑馬警衛，我看那個什麼名畫大盜啊，肯定是個膽小鬼，不敢來了。」

雪莉貓卻搖了搖頭：「不，一定會來的。土撥鼠情報隊給我提供了情報——之前有人在黑市上出售《草原城之春》，一週後交易。後來這條出售資訊被換掉了，換成了《讓我安靜的吃完便當》，名畫大盜肯定已經改變了偷盜計畫。今天是展出的最後一天，名畫大盜一定會想辦法把我們這幅畫偷到手的。」

太陽逐漸西沉，夕陽照射下的物體一面閃著金光，一面拖著長長的影子。天空從淡藍色逐漸變成深藍色，夜幕正在草原城降臨。

夜色越來越濃了，草原城美術館裡，最後一批觀眾正從大門離開。然而就在這時，只聽見一聲撕裂脆響，美術館的牆上突然迸出一連串閃爍的火花。緊接著砰的一聲，美術館的電燈一下子全部熄滅，整座美術館頓時陷入一片黑暗之中。

雪莉貓的眼睛在黑暗中閃著微光，她的嘴角浮現出一抹笑容：「名畫大盜，終於要現身了嗎？」

在黑暗中，一個身影衝向了懸掛著的《讓我安靜的吃完便當》。那個身影伸出了雙手，然而就在他碰到畫的一瞬間，一陣刺耳的警報聲響了起來。這個身影一下子把手縮了回去，轉過身想要逃跑。

但雪莉貓，不，祕密小姐怎麼可能讓他輕易逃走呢？早已設下的機關此時被觸發，小偷腳下的地板向兩邊退去，小偷咚的一聲就掉進了黑洞洞的陷阱。

這個陷阱足足有好幾公尺深，但令雪莉

貓沒有想到的是，小偷蹲下身子，猛的一蹬腿，竟然毫不費力就跳了上來。

小偷邁開腿一路狂奔，美術館裡迴響著嗒嗒嗒的腳步聲。眼看著他就要逃走了，門口突然射進一束明亮的光柱。一個洪亮的聲音響起：

「達利牛警官在此哞，通通不許動！」

原來，草原城的達利牛警官正帶著警隊

在美術館附近巡邏，聽到警報聲，第一時間就趕了過來。

小偷慌不擇路，和達利牛警官迎面撞上，被達利牛警官壯碩的胸膛彈飛了好幾公尺。達利牛警官扔下手電筒，一個飛撲，將小偷牢牢按住，小偷哀叫道：「哎喲，警官，輕點兒，你的力氣也太大了！」

達利牛警官鼻子裡噴出一股白氣：「哞，我對犯罪分子從來不手下留情。」

達利牛警官用繩子將小偷綁起來，然後拍拍手，從地上站起來，宣布：

「專門偷盜名畫的名畫大盜，我宣布，你被草原城警局的達利牛警官逮捕了！」

此時，在另一邊的雪莉貓已經找到了美術館裡被破壞的電線，並將它們修好。美術館再次亮起了燈光。

在燈光的照射下，大家看清了被捆起來的名畫大盜，不約而同的睜大了眼睛：這名畫大盜不是別人，正是美術館的羚羊警衛。羚羊非常擅長奔跑、跳躍，怪不得能夠一下子跳出陷阱。

匆匆趕來的赤狐館長一邊大口喘氣，一邊說道：「一把老骨頭，差點兒快跑散了。好哇，羚羊警衛，想不到你就是名畫大盜！」

羚羊警衛躺在地上無法動彈，解釋道：「錯了錯了錯了，我不是名畫大盜！燈熄滅之後，我害怕畫被偷走，所以趕緊衝了過去，結果不小心觸發了警報……」

達利牛警官笑了笑，反駁說：「哈哈，我可沒有這麼好騙！要不是我抓住了你，你早就從門口逃之夭夭了。名畫大盜，快說，你把偷的那些畫藏在哪裡了？」

羚羊警衛知道自己逃不掉了，乾脆不再掙扎，仰躺在地上，滿不在乎的說道：「哼，反正我不會承認我是名畫大盜的。《讓我安靜的吃完便當》還好好的掛在那裡，我就碰了一下警報器，算不上犯了什麼大罪吧？你們別費力氣了，在我身上是找不到任何線索的。反正，我已經順利的完成了任務，哈哈哈哈！」

被抓住的羚羊警衛狂妄的笑著，尖銳刺耳的笑聲讓大家的心再次懸了起來。

「順利的完成了任務……」雪莉貓一邊思索一邊說道，「羚羊警衛應該知道畫上安裝了警報器，只要一碰就會觸發。那他為什麼還要故意這樣做呢？等等，這是聲東擊西，他們真正的目標是《草原城之春》！」

「糟糕！」達利牛警官一下子也反應過

哈哈哈哈！

來，趕忙朝懸掛著《草原城之春》的展廳衝了過去。雪莉貓和赤狐館長則緊跟在他身後。

等他們來到懸掛著《草原城之春》的展廳，畫已經不翼而飛了。雪莉貓取下警報器上裹著的一層波浪形海綿說：「這是吸音海綿，海綿裡的空隙能夠有效的吸收聲音，所以我們沒有聽到這裡的警報聲。羚羊警衛把我們所有人都引開了，名畫大盜則趁機動手，不得不說，他們配合得相當完美。」

本來懸掛著畫的地方空空蕩蕩，只剩下幾截被剪斷的繩索，其中一根繩索的末端還繫著一張卡片。達利牛警官一把扯下卡片，急匆匆的念道：

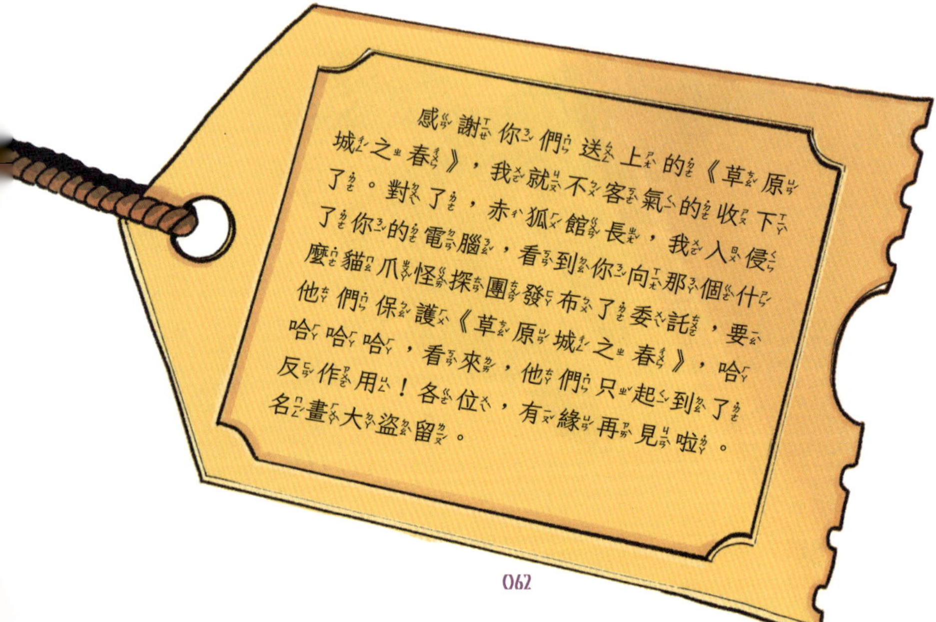
感謝你們送上的《草原城之春》，我就不客氣的收下了。對了，赤狐館長，我入侵了你的電腦，看到你向那個什麼貓爪怪探團發布了委託，要他們保護《草原城之春》，哈哈哈，看來，他們只起到了反作用！各位，有緣再見啦。
名畫大盜留。

達利牛警官一拳打到牆壁上，氣呼呼的說：「可惡，讓名畫大盜得逞了。哞，怎麼這件事又和貓爪怪探團扯上了關係？」

自從貓爪怪探團在雪山城閃亮登場，搞出了大動靜之後，大家都在談論關於這個神祕組織的事情。有些人認為他們能改變伊洛拉群島混亂的情況，有些人覺得他們只是跳梁小丑。

達利牛警官四處望望，並沒有看到什麼貓爪怪探團的蹤影。現在最緊要的是趕快抓住名畫大盜，達利牛警官拎起羚羊警衛，然後帶著警員們匆匆離開了美術館，開始追蹤。

達利牛警官走後，赤狐館長長歎了一口氣，捂著自己的胸口說道：「唉——你們大張旗鼓的引來了名畫大盜，卻讓他逃之夭夭，還帶走了《草原城之春》。貓小姐，看來你們貓爪怪探團的計畫徹底失敗了。現在畫沒了，我的心好痛喲！」

雪莉貓眨了眨眼睛，其實，她的臉上從頭到尾就沒有露出過一絲一毫的慌張，此刻她更是露出了一個神祕的笑容。她笑著對赤狐館長說道：「赤狐館長，不用擔心，你的畫絕對安全。計畫的齒輪現在才剛剛開始運轉。」

赤狐館長看著雪莉貓，有些不解的問：

「才剛剛開始？咦，對了，達．芬不奇先生去哪兒了？停電之後我就沒看見過他了。」

雪莉貓沒有馬上回答赤狐館長的問題，而是走到一個安靜的角落，按下了貓爪通訊器的按鈕，低聲說道：「呼叫月光幻影，我是祕密小姐，報告你的位置。」

通訊器裡傳來一陣汽車引擎的轟鳴聲，接著尼爾豹的聲音傳了過來：「祕密小姐，月光幻影向你報告，此刻我正潛伏在名畫大盜的車上，一切正在按計畫進行。」

街道上，一輛不起眼的小貨車正在路上疾馳，美術館的斑馬警衛坐在副駕駛座上，正得意的吹著口哨。他望著正在開車的一隻穿著黑色緊身衣的黑猩猩，用極其崇拜的口吻說道：「黑猩猩大哥，我們又一次成功了！你簡直是我的偶像！」

黑猩猩大哥揚起嘴角笑了笑。

斑馬警衛接著問道：「不過，黑猩猩大哥，有件事我不太明白，我們不是要偷更值錢的《讓我安靜的吃完便當》嗎？為什麼卻偷了《草原城之春》？」

黑猩猩大哥臉上的表情十分得意：「哈哈，這你就不懂了吧，那幅什麼《讓我安靜的吃完便當》，還有那個什麼天才畫家達．

芬不奇，肯定全是貓爪怪探團炒作出來的，我早就看出來了，他們就是想引我上鉤！我才不會上當呢，也不看看那幅畫，就畫了一個胖馬鈴薯，我閉著眼睛用腳畫都比他畫得好！不過我將計就計，假裝把目標改成了《讓我安靜的吃完便當》，成功吸引了全部注意力，然後毫不費力的偷走了《草原城之春》。哈哈哈哈，貓爪怪探團，我真想對你們說聲謝謝！」

「大哥英明，大哥威武，大哥……」斑馬警衛連連讚歎。

黑猩猩大哥擺了擺手，說道：「好了好了，馬上就到倉庫了，給我注意著點！」

斑馬警衛說：「好的，大哥！」

小貨車駛進郊區的一座倉庫，緩緩停了下來。斑馬警衛下了車，警覺的看了看，確認沒被跟蹤後，關上了倉庫的門。

黑猩猩大哥舒服的往倉庫的沙發上一躺，對斑馬警衛說道：「把《草原城之春》拿來給我看看，剛才黑燈瞎火的，我也沒看清楚，不會偷錯了吧？」

斑馬警衛一邊取出畫，一邊說道：「不會不會，美術館一共只有兩幅畫有警報系統，我清楚得很！那幅《讓我安靜的吃完便當》還好好的掛在那兒，我們偷來的自然就是《草原城之春》啦。你看，多麼栩栩如生的畫。嗯？啊？我的手怎麼綠了？啊，是畫上的油彩還沒乾！」

「什麼?!」黑猩猩大哥一下子蹦了起來，他一把搶過畫，瞪著眼睛在燈光下仔細查看。他看到這幅畫上蒙著一層薄紙，上面畫著仿造的《草原城之春》，油彩都還沒乾透。他拿起刀片，小心翼翼的將這層薄紙裁開，這幅畫的真面目露了出來：是一隻胖胖的啾啾，正睜著兩隻小眼睛迷茫的和黑猩猩大哥對視著。這根本不是《草原城之春》，而是《讓我安靜的吃完便當》！

黑猩猩大哥仰頭大喊：「為什麼，為什麼我偷來的是一幅這麼醜的畫！」

「你說誰的畫醜啊？」一個聲音幽幽的傳來。

黑猩猩大哥嚇得全身冷顫，猛的抬頭，四下張望著問：「誰……誰在說話?!」

呼的一聲，一個身穿黑紅風衣、拽著滑索的帥氣身影從屋頂緩緩落下：

「維護正義也是一門藝術，各位，歡迎來到貓爪怪探團的表演時間。我是月光幻影，當然，也是天才畫家達．文不西。」

黑猩猩大哥盯著面前的月光幻影，握緊了拳頭：「月光幻影？我想起來了，之前在雪山城搞得滿城風雨的就是你們！你到底在搞什麼鬼?!為什麼我偷來的畫變成了這幅《讓我安靜的吃完便當》？」

月光幻影咧嘴一笑，露出雪白的牙齒，說道：「祕密小姐早就猜到你們的真正目標是《草原城之春》。為了引你們上鉤，同時保證《草原城之春》的絕對安全，她制訂了這個完美的計畫。其實真正的《草原城之春》還在美術館，就藏在我的那幅畫後面！怎麼樣，萬萬沒想到吧？你們自以為得手，卻讓我成功的潛入你們藏畫的倉庫，祕密小姐說得沒錯，一切都在她的計畫之中！」

看著面前月光幻影居高臨下的樣子，黑猩猩大哥咬著牙齒，憤憤說道：「可惡，居然被你們給騙了！好哇，來得正好，我的地盤可不是你想來就來，想走就能走的。斑馬小弟，給我上！」

斑馬警衛哆哆嗦嗦的說：「好，我我我……我上。」

只見斑馬警衛往前走了兩步，卻突然掉轉方向，朝倉庫大門跑去。然而他絕望的發現，大門已經被牢牢鎖上了。

黑猩猩大哥看到斑馬警衛如此懦弱的表現，吐了一口口水，掏出匕首：「哼，沒用的傢伙，還是我親自動手吧！」

黑猩猩大哥握著匕首，朝月光幻影衝了過來。月光幻影閃身一躲，同時用兩隻爪子抓住了黑猩猩大哥的兩隻手。黑猩猩大哥被鉗制住，猛的抬起一條腿，一道寒光閃過，原來他的鞋子上也藏著鋒利的刀片！

月光幻影抽不開爪子，眼看著刀片劃向了自己的喉嚨。但他毫不慌張，他將尾巴靈巧的一伸，把黑猩猩大哥鞋上有刀片的那條腿牢牢纏住，緊接著一個頭槌，只聽咚的一聲，黑猩猩大哥捂著頭，搖搖晃晃的倒在了地上。

膽小的斑馬警衛像沒頭蒼蠅一樣在倉庫裡四處亂竄，月光幻影毫不費力就抓住了他，用繩子把他和黑猩猩大哥背靠背綁在了一起。

被綁住的黑猩猩大哥掙扎著，咬牙說道：「貓爪怪探團，你們真是多管閒事！反正這些畫掛在美術館裡也沒人看，我這麼熱愛藝術，借來近距離欣賞一下，有什麼問題嗎?!」

「哈哈，偷盜就是偷盜，不要再狡辯了，有什麼話還是去警察局說吧。對了——」月光幻影轉了轉眼珠，忽然有了一個絕妙的主意，「既然你這麼熱愛藝術，而我恰好又這麼有藝術天分，乾脆，我把你們也打造成藝術品吧！哈哈，我簡直是個天才！」

第二天，草原城警察局的門口聚集了許多警察，他們驚訝的看著眼前的這一幕奇觀：警察局門口立著一個巨大的畫框，畫框橫梁上吊著一隻黑猩猩和一匹斑馬。畫框前留下了一張畫著貓爪圖案的卡片，達利牛警官撿起卡片，念了起來：

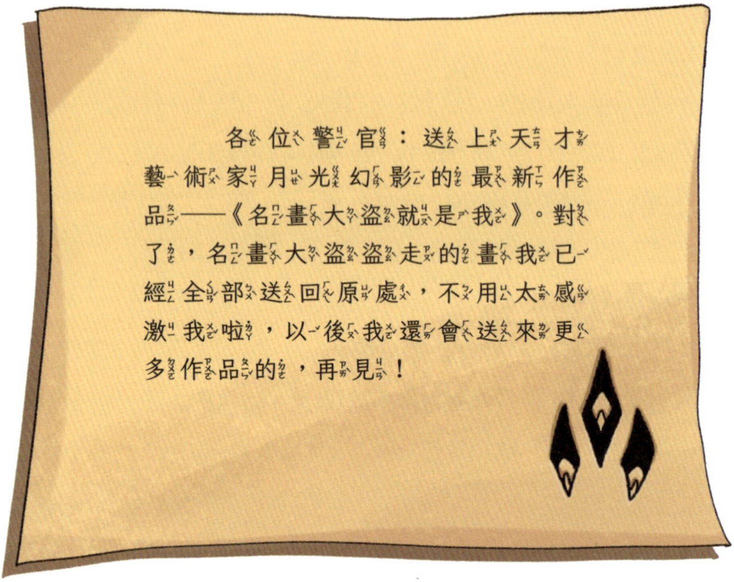

各位警官：送上天才藝術家月光幻影的最新作品——《名畫大盜就是我》。對了，名畫大盜盜走的畫我已經全部送回原處，不用太感激我啦，以後我還會送來更多作品的，再見！

達利牛警官抬起頭，再次端詳著眼前這一幕。黑猩猩和斑馬正呆呆的睜著眼睛，望著周圍的警察呢。

祕密小姐的電台時間

第1集：土撥鼠情報隊

各位委託人，歡迎來到祕密小姐的電台時間。

在風起雲湧的伊洛拉群島，想要順利完成委託，第一件事就是收集情報，而這就是土撥鼠情報隊最擅長的工作。土撥鼠情報隊是伊洛拉群島上完全中立的情報組織，只要提供足夠的報酬，他們就會送上準確而及時的情報。土撥鼠情報隊的情報網路上天入地，覆蓋了伊洛拉群島的每一個角落，卻沒有人知道他們的基地在哪裡。他們會一邊背誦土撥鼠情報隊守則，一邊熱忱的為客戶服務，我們以後還會經常和他們見面的。

8

長頸鹿的委託

夜已經深了，草原城的大部分居民都陷入了沉睡當中，然而二十四小時營業的貓爪便利店裡依舊亮著燈光。尼爾豹瞪著眼睛，眨也不眨的盯著牆上的時鐘，眼看著它終於指向了十二點。尼爾豹深吸一口氣，然後打了個大大的哈欠：「終於熬到下班時間啦。」

尼爾豹快樂的脫下便利店的工作服，舒服的伸了個懶腰。和今天上夜班的店員交接之後，尼爾豹便步伐輕快的走到了便利店後面的庫房裡。庫房靠牆的地方有一段通向二樓的旋轉樓梯，樓上是尼爾豹平時睡覺的地方。然而尼爾豹此時卻沒有登上樓梯，他往身後一望，轉了轉眼珠，確保沒有人看見他之後，小心翼翼的推開了牆上的一道暗門。

門裡閃出一道白光，一台小型電梯出現在尼爾豹面前。他輕手輕腳的走進去，暗門自動關閉，而電梯則穩穩下降，帶著他來到了便利店的地下。

走進地下的祕密基地，尼爾豹看見牆上的螢幕射出藍瑩瑩的光線，映照在雪莉貓淡金色的眼眸中。聽到尼爾豹走進來，雪莉貓頭也不轉，還是繼續盯著螢幕，熟練的敲打著鍵盤，開口說道：「尼爾豹，自從我們第一次亮相，又成功保護了《草原城之春》，經過我的計算，現在已經有超過一萬人知道了我們的存在。如果其中有百分之一的人在網站上發布委託，那我們現在收到的委託信數量應該是——一百封！」

一百封！那就是一百件委託案！

尼爾豹有些擔憂的說：「這麼多，那我們怎麼忙得過來啊……」

雪莉貓滿不在乎的說：「嗯……我們可以根據事情的輕重緩急來處理嘛！來，我要打開收件匣了！」

在四隻眼睛直勾勾的注視下，雪莉貓興致勃勃的打開貓爪怪探團的網頁收件匣，可收件匣裡出現的委託信數量卻讓他們震驚不已，幻想中收件匣被委託信塞滿的情景完

全沒有發生——

「一……二……三……怎麼只有三封委託信啊！」

不僅尼爾豹非常失落，雪莉貓尖尖的耳朵也垂了下來：「也許我們的名氣並沒有想像中的那麼大吧……」

雪莉貓說得沒錯，在風起雲湧的伊洛拉群島，無論什麼大事件都只是生活中的一個小插曲而已，對於伊-洛拉群島的居民來說，永遠有更緊急的事情需要他們關心。貓爪怪探團的名字只不過是居民們茶餘飯後的一個聊天話題，幾天後就沒有關於他們的討論了。

不過，就算只有三封委託信，貓爪怪探團也要全力以赴！

「讓我們來看看第一封：親愛的貓爪怪探團，還沒來得及向你們道謝呢，我是娜娜米，就是那隻被你們救出來的金絲猴。非常感謝你們的幫助。對了，我能看看你們真實的樣子嗎？我能加入你們嗎？我從小就有一個行俠仗義的夢想，我已經上小學三年級了，是一個大孩子了……」

雪莉貓的聲音越來越小，讀到後面徹底沒了聲音，原來這一封根本不是委託信，而是娜娜米寫來的感謝信。看著雪莉貓又垂下去的耳朵，尼爾豹趕緊說：「哎呀，感謝信也沒什麼不好的嘛，這不是還有兩封嘛！」

雪莉貓又點開第二封信，上面赫然寫著：「什麼貓爪怪探團，肯定是競爭對手派來針對豬亨達公司的，別以為打著伸張正義的旗號就能夠為所欲為，你們不過就是譁眾取寵的小丑而已，最好小心一點兒……」

雪莉貓一拍桌子，把水杯都震得跳了起

來，她的兩個尖耳朵憤怒的豎起，說：「哼！這肯定是豪豬經理的手下發來的，可惡，居然敢說我們是小丑，我看他才像個小丑！」

尼爾豹連忙按住憤怒的雪莉貓，安撫道：「哎哎哎，別生氣別生氣……再怎麼說，這個豪豬經理也已經被我們制伏了……還有一封，看看再說……」

雪莉貓深吸一口氣，平復了心情。雖然她的期待已經被剛剛的兩封信打消了，不過她還是點開了第三封委託信，然後對尼爾豹說：「尼爾豹，看到了嗎？我們的委託來了。」

網頁上，一行行文字述說著委託人的困境：「貓爪怪探團，好奇怪的名字，有人說你們一定能夠幫我解決問題，我其實不太相信，但我只剩下這最後一點兒希望了。我是伊洛拉樂團的長頸鹿指揮，我和樂團的其他成員已經被袋熊老闆逼上了絕路……」

雪莉貓輕聲念著委託信，而尼爾豹舒服的半躺在靠椅上，蹺著腿，腦袋下枕著自己柔軟的爪子，得意的說道：「長頸鹿指揮真的在網站上發布了

委託，看來，我一晚上的努力沒有白費。終於有一個像樣的委託了，這一次，大部分的功勞可要記到我頭上。」

「這跟你有什麼關係？」雪莉貓轉過頭來問道。

尼爾豹咧嘴一笑，露出雪白的牙齒。他瞇著眼睛，慢慢講起來：「嘿嘿，一切還要從昨天晚上說起……」

把時鐘撥回到昨晚。天空淅淅瀝瀝的下著小雨。冷冷清清的街道上，大多數店鋪已經打烊，只有貓爪便利店的貓爪燈箱還在昏暗的雨霧中亮著，為夜晚的明鏡湖增添了一

抹溫暖的亮色。

突然，便利店的門被推開，刮進一股冷風，一隻身穿燕尾服的長頸鹿低頭走了進來。

感覺到有客人進來，尼爾豹仰起頭，露出標準的笑容問：「請問您需要點什麼？」

長頸鹿沒有回答，而是拿起一罐啤酒，從口袋裡掏出一個乾癟的錢包，有氣無力的說：「結帳。」

尼爾豹點點頭。他注意到長頸鹿穿的燕尾服十分考究，上面還印著一個金色的樂團徽章。然而衣服已經被雨水淋得皺巴巴的，長頸鹿臉上也是一副失魂落魄的表情。

長頸鹿拿著啤酒，在便利店的桌子前坐下。他本想打開啤酒喝上一口，但無奈自己的脖子太長，沒法把啤酒送到嘴邊，他想彎下脖子，但便利店裡又有些局促。長頸鹿長長歎了一口氣：「唉——連啤酒也要和我作對。」

尼爾豹轉了轉眼珠，他拿出一根加長吸管，遞給長頸鹿。長頸鹿插上吸管，終於順利的喝到了啤酒。

尼爾豹順勢問道：「長頸鹿先生，請問你遇到了什麼困難嗎？說不定我可以幫你喲。」

長頸鹿搖了搖頭說：「謝謝，但你是沒法幫我的。」

長頸鹿呆呆的看著便利店外漆黑一片的雨夜，沉默了一會兒，又說道：「不過，也許對你傾訴出來，我的心裡會好受一些。唉，我心裡實在是太苦悶了！」

深夜寂靜的便利店或許真的是一個非常好的傾訴環境，長頸鹿一邊用吸管啜著啤酒，一邊慢慢講述起來：「也許你已經認出來了我衣服上的樂團徽章，沒錯，我就是伊洛拉樂團的長頸鹿指揮。這兩年，我們樂團在伊洛拉群島各地巡迴演出，受到了熱烈歡迎。但人們不知道的是，在光鮮亮麗的背後，我們卻過著苦不堪言的生活。樂團黑心的袋熊老闆逼著樂團成員和他簽訂了不平等的合約，每次演出的收入都落入了他的口袋，而我們稍有差錯就會被罰上一筆鉅款。我們一場接一場的演出，身體都熬壞了，結果呢，欠袋熊老闆的錢卻越來越多，這種痛苦，你能理解嗎？」

「我太能理解了！」尼爾豹一拍大腿，說道，「我在這間便利店辛辛苦苦打工，但每個月欠雪莉貓老闆的錢也越來越多……」

長頸鹿指揮有些吃驚的問：「你也和老闆簽了不平等的合約嗎？」

尼爾豹搔搔頭，誠實的回答：「那倒是沒有。主要是我經常算錯賬，造成了……呃，一點兒損失。」

尼爾豹心虛的想了想，或許並不是「一點兒」損失。

「唉，那情況不一樣嘛！」長頸鹿指揮眼裡閃著淚光，繼續講起來，「袋熊老闆養著一群打手，他威脅我們，恐嚇我們，還騷擾我們的家人。我們都是被迫和袋熊老闆簽訂不平等合約的。這些合約就像魔爪一樣牢牢控制著我們，我們做夢都想擺脫。但是袋熊老闆把合約藏在他的祕密保險庫裡，我們根本沒法拿到，也不敢違抗他的命令。唉，未來真是一片黑暗啊！」

長頸鹿指揮望著外面的茫茫黑夜，眼神黯淡下來。尼爾豹安慰的拍了拍長頸鹿指揮的肩膀。

外面的雨依舊下個不停。在一陣沉默之後，長頸鹿指揮喝完了啤酒，他站起來，感激的對尼爾豹說道：「雖然你不能幫上忙，但還是非常感謝你的傾聽，我心裡好受多了。三天以後，樂團還要進行演出，我現在得回去了，再見。」

長頸鹿指揮揮了揮手，離開了貓爪便利店。當他跨出門的時候，尼爾豹從後面追了出來，把一張紙條塞到長頸鹿指揮手裡，鄭重的說道：「長頸鹿先生，請收下這張紙條。請你相信我，紙條上的東西一定能幫你解決問題。」

長頸鹿指揮接過紙條，看到紙條上寫著一個網址，還畫著貓爪標誌。長頸鹿指揮心裡有些疑惑，但他看到尼爾豹微微閃著光的眼睛，還是小心翼翼的把紙條折好放進了口袋。

「事情的經過就是這樣。」祕密基地裡，尼爾豹把昨晚的事情從頭到尾講了一遍，說完他一下子從椅子上蹦了起來，「既然長頸鹿指揮已經正式發布了委託，那我們就馬上行動，幫樂團成員拿到藏在保險庫裡的合約吧！雪莉貓，不，祕密小姐，我已經做好了再次登場的準備！不過，那個保險庫在哪兒呢？」

看到尼爾豹如此激動的樣子，雪莉貓只是淡淡的一笑。雪莉貓關掉接收委託信的網站，貓爪快速的按了幾下鍵盤，一隻戴著寬

簷帽、腦袋圓圓的土撥鼠立即出現在螢幕中。

這隻土撥鼠向雪莉貓敬了個禮，說道：「土撥鼠情報隊竭誠為您服務！我是隊長土圓。祕密小姐，請問有什麼能幫您的？」

雪莉貓點點頭：「我需要與袋熊老闆以及伊洛拉樂團有關的一切情報。對了，還需要你幫我找一支地下施工隊，速度要快！」

「沒問題！」土圓隊長搓了搓手，「土撥鼠情報隊守則第二條：土撥鼠的情報，絕對及時！」

土圓隊長說完，又敬了個禮，消失在了螢幕中。

尼爾豹看著雪莉貓的一頓操作，有些吃驚的問道：「祕密小姐，難道你已經有行動計畫了？」

雪莉貓臉上浮現出一個神祕的笑容，長耳朵動了動：「祕密小姐的眼中沒有祕密，只有最後的答案。」

9

月光幻影的精彩演出

兩天以後，伊洛拉群島的金色劇院人潮湧動，接連入場的觀眾們眼中都閃爍著期盼的光芒。伊洛拉樂團的演出就要開始了，他們可是花了好大一筆錢才買到演出門票的。

和熱鬧的劇院大廳相比，劇院的後台卻被沉重而壓抑的氣氛籠罩著。樂團成員們正做著演出前的最後準備，接連不斷的排練和演出讓他們喘不過氣來，臉上滿是疲憊。

熊貓小提琴手歎了一口氣：「唉，一場接一場的演出，何時才能結束啊，我的黑眼圈都出來了。」

公雞小號手說道：「熊貓小提琴手，我還沒見過你沒有黑眼圈的樣子。」

這個笑話並沒有緩解沉悶的氣氛，熊貓

小提琴手沒有搭話，而是默默穿好了自己演出時的燕尾服。突然，一張白色的卡片從衣服口袋裡掉了出來。熊貓小提琴手好奇的拿起卡片，只見卡片正面寫著：請在後台靜靜等候，其他的一切交給我們——貓爪怪探團。卡片背面則有一個大大的貓爪標誌。

「咦，這是——」熊貓小提琴手疑惑的說道，他抬頭一看，發現大家都收到了同樣的卡片，正不知所措的互相望著。

長頸鹿指揮看了看卡片，說道：「貓爪怪探團……看來，他們真的接受了我的委託。」

章魚鋼琴家泡在水裡，吐出一串泡泡，問道：「演出就要開始了，這個貓爪怪探團卻讓我們在後台等候。我們到底應該聽他的，還是登台演出呢？」

樂團的成員們都看著長頸鹿指揮，等著他做出決定。長頸鹿指揮想了想，咬咬嘴唇說：「既然如此，我們就先在後台等等看吧。大不了遲到一會兒，反正我們欠袋熊老闆的錢，這輩子都還不完。咦？我隨身帶著的指揮棒怎麼不見了，你們有誰看到了嗎？」

劇院的時鐘敲響了三下，下午三點整，伊洛拉樂團的演出即將正式開始。大廳裡的觀眾們安靜下來，興奮的等待著舞台上的帷幕拉開。

在觀眾席第一排的正中間，樂團的袋熊老闆穿著一身黑西裝，得意揚揚的蹺著二郎腿。他轉過頭去，看著座無虛席的大廳，滿意的咧嘴一笑，露出一顆閃閃發光的金牙。他開口說道：「真是太美妙了，你們從這些觀眾的臉上看到了什麼？」

旁邊的袋鼠打手趕忙回答道：「老大，我看到了大家對藝術的熱愛。」

「笨蛋！」袋熊老闆呵叱道，「我看到的明明是一疊又一疊的鈔票！」

「對對，鈔票。」袋鼠打手趕忙附和道。

袋熊老闆揮了揮手讓他閉嘴，這時演出正式開始了。

「觀眾朋友們！」燈光照耀的舞台上，烏鴉主持人拿著麥克風興奮的說道，「歡迎來到金色劇院，即將為我們帶來表演的是著名的伊洛拉樂團，讓我們鼓掌歡迎！」

觀眾中間爆發出一陣熱烈掌聲，隨即整個大廳變得異常安靜，大家瞇起眼睛，豎起耳朵，等待著美妙的音樂奏響。

然而，舞台上先是傳來一陣胡亂拉小提琴的聲音，聲音十分刺耳，聽起來演奏者根本不像是在拉小提琴，而像是在拉鋸子。接著，台上的鋼琴又傳來一陣叮叮噹當的亂響。最後，舞台上的風琴也亂響一氣，聽起來像是有人趴在風琴上睡著了。

這是怎麼回事？所有觀眾包括袋熊老闆都睜大了眼睛，望著台上。

這時，舞台的帷幕慢慢拉開，觀眾們看到台上放著一件件樂器，卻沒有演奏者。而舞台正中間，兩盞聚光燈的光束交會到一起，照亮了一個穿著燕尾服的帥氣的身影，他的手裡正舉著長頸鹿指揮的那根指揮棒。

等到帷幕完全拉開，這個身影對著台下禮貌的鞠了一躬，微微一笑：「維護正義也是一門藝術，各位，歡迎來到貓爪怪探團的表演時間。我是月光幻影，今天將由我為大家帶來一場精彩的演出。大家對我剛剛的演奏滿意嗎？」

觀眾們面面相覷，不知道發生了什麼。袋熊老闆也一下子愣住了。

原來，登場表演的不是伊洛拉樂團，而是化裝成月光幻影的尼爾豹。他不慌不忙的對台下觀眾說道：「各位觀眾，我宣布，伊洛拉樂團的演出臨時取消了，請大家有序離場。當然，如果你們還想繼續看我的表演，將是我莫大的榮幸。」

月光幻影又鞠了一躬，然後用指揮棒指向大廳後面的門，神奇的是門像得到命令似的，砰的一聲打開了。

月光幻影這時對著耳朵裡的貓爪通訊器小聲說道：「祕密小姐，配合得不錯。」

「當然，一切都在我的計畫之中。」通訊器裡傳來雪莉貓冷靜的聲音。此刻她正在祕密基地的大螢幕前指揮行動：「月光幻影，不要只顧著擺造型，別忘了我們的計畫。」

月光幻影回答：「當然不會忘。」

大廳裡出現一陣騷動，大家已經看出來事情有些不對勁，趕緊從大門離開了金色劇院。觀眾們都離開之後，熱鬧的音樂大廳一下子變得空空蕩蕩，而樂團的袋熊老闆和他的手下還留在台下，正握著拳頭，虎視眈眈的盯著神祕的月光幻影。

袋熊老闆怒氣衝衝的問：「你到底是誰？為什麼要破壞演出？你知道這會給我帶來多少損失嗎？我的樂團到哪兒去了？」

月光幻影雙手交叉抱在胸前，搖搖頭回答道：「袋熊老闆，你的問題可真多。你聽好了，伊洛拉樂團的樂手們以後再也不會為你演出，也不會受你控制了！你透過威脅恐嚇逼他們簽訂的合約，從此作廢！」

袋熊老闆冷笑一聲：「哼，異想天開，你說作廢就作廢？合約還在我的保險庫裡放著呢，他們得給我打一輩子工！」

月光幻影搔了搔自己的下巴，反問道：「你怎麼確定合約還在你的保險庫裡，而不是在我的手上？」

說完，月光幻影從身上掏出一疊合約。袋熊老闆臉色一下子變得有些蒼白。月光幻影咧嘴一笑，把這疊合約撕得粉碎，然後向空中一揚，雪花一樣的碎紙片紛紛揚揚的撒落下來。

袋熊老闆急忙去抓空中的碎紙片，想把它們拼湊完整。他氣得滿臉通紅，咬牙切齒的說：「你們絕不可能從我的保險庫裡偷出合約！什麼貓爪怪探團，真是可惡！袋鼠打手，你還愣著幹什麼，還不帶人上去抓住他?!」

袋熊老闆一聲令下，袋鼠打手帶著其他手下一起衝向舞台。月光幻影依舊站在舞台中央，沒有一點點慌張。貓爪通訊器裡傳來祕密小姐的聲音：「表演終於正式開始了，月光幻影，這次可不是彩排喲。」

月光幻影點點頭，再一次舉起了自己手中的指揮棒。一隻鱷魚張著血盆大口朝月光幻影衝了過來，眼看著鱷魚嘴裡的尖牙就要咬到月光幻影的鼻子，月光幻影將手裡的指揮棒靈巧的一揮，一張大網從天而降，將鱷魚網住。

原來，雪莉貓早已在劇院大廳佈設好了機關。隨著月光幻影手裡指揮棒的揮動，這些機關被一個個觸發。一隻胡狼被彈起的座椅彈到了半空，一隻水牛掉進舞台前的陷阱，一隻黑猩猩則被滑索纏住了雙腿，倒掛在空中。台上的月光幻影就像是一位真正的指揮家一樣為觀眾獻上了一首丁鈴噹啷的、特別的交響樂。

袋熊老闆氣得快要咬碎牙齒，這時，越來越多的袋熊老闆的手下從大廳外衝了進來，而袋鼠打手也避過一個個陷阱，猛的一蹬腿，跳到了月光幻影面前。

「就讓我這個金腰帶拳王來和你較量較量！」袋鼠打手說完，就揮舞起了自己硬邦邦的拳頭。月光幻影閃身一躲，和袋鼠打手纏鬥起來。

遠在基地的祕密小姐透過貓爪通訊器提醒著：「月光幻影，小心他的右勾拳！情況不妙，越來越多袋熊老闆的手下衝過來了。」

月光幻影掃視了一眼周圍，眼看自己有被包圍的危險，他突然一跺腳：「好吧，我就不和你們玩了，掰掰！」

說完，一股煙霧頓時從他腳邊升起。

袋鼠打手反應過來，喊道：「糟糕，是煙幕彈！」

這股煙霧很快就將舞台籠罩，到處都是模模糊糊的影子，這讓袋熊老闆的手下們找不到方向，整個現場頓時變得更加混亂，只聽見此起彼伏的叫喊聲：

「抓住他，別讓他跑掉了！」

「他在這兒，我抓住他了！」

「放手，你抓住的是大象的鼻子！」

「喂，誰在揪我的尾巴?!」

等到煙霧逐漸消散，所有人你看看我，我看看你，卻再也找不到月光幻影的蹤影。

袋鼠打手拍了拍衣服上的灰塵，四處看了看，說道：「這個膽小鬼，肯定是逃跑了。」

台下的袋熊老闆氣急敗壞，惡狠狠的說：「可惡，我一定會親手逮住他！」

袋鼠打手一蹦一跳的來到袋熊老闆面

前，問：「老大，我們現在怎麼辦？」

袋熊老闆轉著眼珠子想了想：「演出已經不能恢復了，現在我得趕快去保險庫確認一下合約有沒有被盜走。你們幾個跟我來！」

袋熊老闆帶著袋鼠打手和其他幾個手下走出了演出大廳，急匆匆的朝保險庫趕去。門口停著袋熊老闆的汽車，但他並沒有選擇乘坐汽車，而是轉著腦袋，在劇院四周張望著。

「看到了！跟我來，入口在那裡！」

袋熊老闆指著不遠處一棵孤零零的榕樹喊道。他喘著氣的跑過去，撅起屁股，用自己擅長挖掘的爪子在榕樹下刨著土，表面的土被刨開，一個地下通道的入口出現在他們面前。袋熊老闆滿意的一笑，然後一邊鑽進地下通道，一邊說道：「嘿嘿，還好我在劇院旁邊早就挖好了一條直達保險庫的通道，這次終於派上用場了。」

地下通道裡燈光昏暗，幽深曲折，袋熊老闆在前面帶路，還時不時的往後看看，問：「那個什麼月光幻影沒有追過來吧？」

「老大，放心，」袋鼠打手回答，「他早就不知道跑哪兒去了。」

袋熊老闆放心的點了點頭。

地下通道裡迴響著窸窸窣窣的腳步聲。但如果你的耳朵夠靈敏，你就能夠聽到有聲音從袋鼠打手耳朵裡的通訊器中傳出來。

是雪莉貓在低聲說話：「月光幻影，你已經成功偽裝成了袋鼠打手，取得了信任。等會兒抵達保險庫之後，一切按我們的計畫進行。」

原來，剛才在舞台上，月光幻影借著煙霧的掩護，扭開了身上攜帶的變裝膠囊，膠囊裡放著壓縮過的袋鼠變身套裝。尼爾豹把套裝穿在身上，按下充氣按鈕，套裝經過膨脹、定型，把月光幻影變成了一隻真假難辨的袋鼠。接著，尼爾豹把被他打暈的袋鼠打手的外套穿到自己身上，就這樣堂而皇之的走下了舞台。

此刻，變身成為袋鼠打手的月光幻影跟在袋熊老闆的後面，在彎彎繞繞的地下通道裡前進著。終於，他們一起走到了通道的盡頭，袋熊老闆推開頭頂的柵欄，從地底下鑽了出去。

他們來到的是一個正方形的房間，在房間最裡面的一面牆上，有一扇密不透風的厚實的鐵門。看來，這裡就是袋熊老闆的保險

庫了。

袋熊老闆笑著說道：「讓我來輸入密碼，看看我的寶貝們是不是還乖乖的待在保險庫裡，嘿嘿嘿。」

袋熊老板正準備輸入密碼，月光幻影裝扮成的袋鼠打手湊近一步，說：「老大，讓我來保護你，以防月光幻影趁門打開的時候衝進去。」

袋熊老闆點點頭，開始在門上輸入密碼。站在一旁的月光幻影假裝沒注意，實際上眼睛卻緊緊盯著輸入的數字。

3、2、5、1、7……袋熊老闆輸入了一長串數字，月光幻影努力的在心裡默記著。

貓爪通訊器裡傳來祕密小姐的聲音：「太好了，計畫馬上就要成功了……」

還差最後一個數字，袋熊老闆忽然停下動作，搔了搔頭：「呃，最後一個數字是什麼來著？哦，我想起來了！」

袋熊老闆眨眨眼睛，輸入了最後一個數字——6。尼爾豹不自覺的握緊了拳頭，按捺住激動的心情——終於成功的獲取保險庫的密碼了！

然而出乎意料的是，輸入密碼之後，保險庫的門並沒有打開，只聽見噹一聲巨響，一個鐵籠子從屋頂直直降落下來，正好把月光幻影關在裡面！

「這……這是怎麼回事？」月光幻影一下子愣住了。

袋熊老闆卻仰著頭大笑了起來：「哈哈哈，貓爪怪探團，你們的計畫早已經被我識破了！」

眼看計畫就要成功，從天而降的鐵籠卻瞬間改變了局勢。

月光幻影依舊模仿著袋鼠打手說話的聲音，慌忙喊道：「老大，老大，你把我關起來幹麼？」

袋熊老闆盯著面前的「袋鼠打手」，歪嘴一笑：「不用再演戲了，你根本不是袋鼠打手，而是貓爪怪探團的那個什麼光，什麼影……」

月光幻影歎了一口氣：「好吧，被你看穿了。我叫月光幻影，記住了嗎？」

袋熊老闆點點頭，得意的說：「管你叫什麼月光不月光的，我會讓你從此再也看不見月光！」

貓爪通訊器裡傳來雪莉貓的聲音：

「月光幻影，發生了什麼情況，你沒事吧？喂，喂——」

雪莉貓急切的喊著，袋熊老闆一把扯下了月光幻影耳朵裡的通訊器。他把通訊器扔到地上，還在上面狠狠踩了兩腳，冷笑一聲：「哼，這場戲不用再演下去了。我早已經識破你們的計畫，你們就是想把我騙到保險庫，然後獲取我的密碼，從而把真正的合約偷出來。可惜啊，早就被我看穿了！」

袋熊老闆看著月光幻影，眼神裡滿是輕蔑：「看穿你們的計畫之後，我用我聰明的頭腦一想，嘿嘿，不如將計就計，把你引到保險庫來。今天這種情況，我可是早有準備。我輸入的不是真正的密碼，而是防盜密碼。當我把防盜密碼輸入之後，鐵籠子就會從天而降，降落的位置嘛，正好就是你站的地方，哈哈哈，一切都是那麼完美，我太佩服我自己了！」

原來他們反而中了袋熊老闆的計，月光幻影只好卸下自己的袋鼠偽裝，露出了裡面穿著的貓爪制服。他有些不甘心的問道：「袋熊老闆，你是怎麼看出我偽裝成了袋鼠打手的？」

袋熊老闆指了指尼爾豹的尾巴，得意的說道：「尾巴！袋鼠的尾巴強壯有力，是他們的第五條腿，當他們跳躍的時候尾巴也會發力。而你假扮的袋鼠打手，卻沒有發揮尾巴的作用，我一眼就看出來你是假的了！」

「原來是尾巴露出了破綻啊，」月光幻影捲起尾巴，說道，「知道了，我下次會更加注意的。」

袋熊老闆捂著自己的肚子，誇張的笑起來：「哈哈，下次？你還想有下次？你就老老實實的待在籠子裡，等著被餓死吧！」

月光幻影喊道：「喂，這樣可不行，你這是非法囚禁！」

「非法囚禁？」袋熊老闆的眼睛裡忽然露出一抹凶光，「非法囚禁算什麼，反正我已經做了那麼多壞事，也不在乎多這一件。」

月光幻影瞇著眼睛，上下打量了一番袋熊老闆，然後搖了搖頭：「你做了很多壞事？我才不相信。我看你啊，只會撅著屁股挖洞逃跑！」

「你說什麼?!」袋熊老闆惡狠狠的盯著籠

子裡的尼爾豹，忽然又咧嘴一笑，露出自己嘴裡亮閃閃的金牙，「我就實話告訴你吧，什麼非法囚禁、用恐嚇威脅的手段逼樂團為我演出，不過都是小菜一碟。你看見我嘴裡的這顆金牙了嗎？純金打造，金子嘛，全部來源於礦工們給我交的保護費！還有，你知道我腿上這道傷疤是怎麼來的嗎？」

袋熊老闆饒有興致的講了起來。原來，他犯下的罪行比月光幻影想像的還要多，簡直是無惡不作。此時被關在鐵籠子裡的月光幻影握緊了自己的拳頭。

袋熊老闆最後說：「好了好了，就給你講這麼多吧。我還有很多事情要處理，至於你，就在這兒乖乖等死吧！」

袋熊老闆拍拍屁股，帶著手下準備離開。月光幻影搖了搖鐵籠子，籠子卻紋絲不動。他想要拿回地上的貓爪通訊器，通

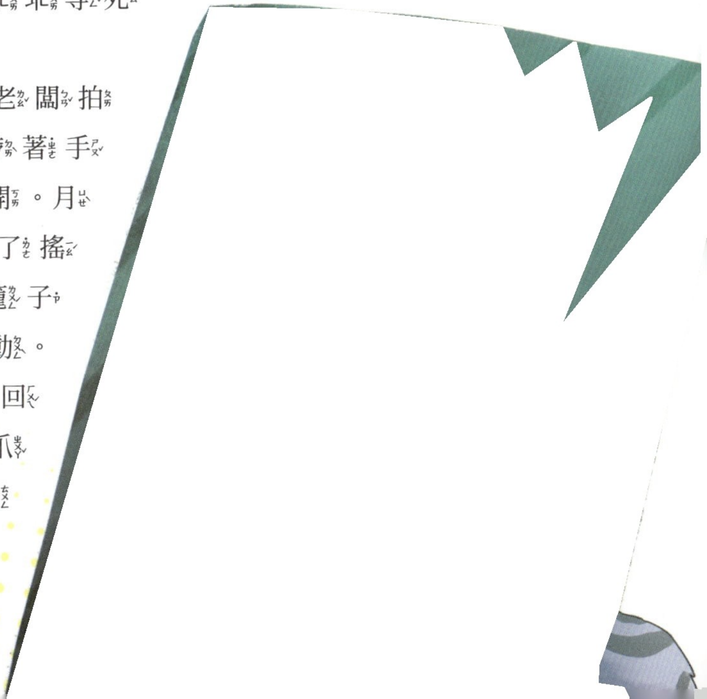

訊器卻被袋熊老闆一腳踢開。

月光幻影有些絕望的喊道：「別走，把我放出去！」

「哈哈哈，」房間裡迴盪著袋熊老闆狂妄的笑聲，「不要再做無謂的掙扎了，沒有人會來救你的。想出來，除非你能把堅固的鐵籠子掰開！我們走！」

月光幻影搔搔下巴，忽然說道：「把鐵籠子掰開？你這個主意倒不錯。」

袋熊老闆和他的手下轉過頭，有些不解的看著月光幻影，不知道月光幻影說的這句話是什麼意思。他們看到月光幻影臉上那絕望的表情已經消失，取而代之的是自信滿滿的笑容。

咔的一聲，月光幻影真的一下子掰開鐵籠子，從裡面大搖大擺的走了出來。

袋熊老闆和他的手下驚訝得都瞪大了眼睛。

月光幻影看著他們臉上的表情，拍了拍手，感嘆道：「不錯，你們驚訝的表情比我想像中還要誇張。不過，後面還有更讓人驚訝的事在等著你們。」

月光幻影一邊說，一邊撿起貓爪通訊器，撣掉上面的灰塵，重新戴進耳朵裡。

月光幻影說：「祕密小姐，我是月光幻影，一切都在按我們的計畫進行。」

雪莉貓的聲音從通訊器裡面傳來：「演技不錯嘛，月光幻影。現在，這場演出也該到落下帷幕的時候了。」

袋熊老闆一臉詫異的看著眼前發生的一切。就在這時，保險庫的門砰的一下從裡面打開了。

10

保險庫的真相

保險庫的門打開之後，一隊穿著草原城制服的警察走了進來。

袋熊老闆身上的毛一下子豎起來，問：「你……你們是誰？怎麼會從我的保險庫裡走出來？」

走在最前面的是一隻戴著警官帽的牛，他望著袋熊老闆，又望了望穿著黑紅風衣的月光幻影，也是一臉疑惑：「什麼保險庫啊哞？這裡明明是草原城警察局！我是警察局的達利牛警官，我還想問你們兩個是誰，為什麼在這裡呢！」

「警……警察局……」袋熊老闆張大嘴巴，望向門外，他看到外面掛著一個巨大的草原城警察局徽章。袋熊老闆一下子呆在原地，就像石化了一般。

達利牛警官看著袋熊老闆說道：「對了哞，警察局接到消息，說有犯罪分子會在今天下午到警察局來，自己講述自己的犯罪經歷。哈哈，這怎麼可能？我達利牛一輩子沒碰上過這樣的好事。結果沒想到，我真的在這個儲藏室外聽到了動靜。哞，袋熊，我在門外聽得清清楚楚，原來你做了這麼多壞事。現在我宣布，你被草原城警察局一級警官達利牛逮捕了！」

袋熊老闆還沒反應過來，咔嚓——他的手上就戴上了一副亮晃晃的手銬。

達利牛警官看著房間四周，忽然有些奇怪的說：「咦，這間儲藏室好久沒用了，怎麼變成了這副樣子，這個門怎麼畫得像是保險庫的門一樣？」

戴上手銬的袋熊老闆瞪圓了眼睛，他盯著月光幻影，憤憤的問道：「這到底是怎麼回事?!」

月光幻影微微一笑，不慌不忙的說：「袋熊老闆，既然你誠心問我，我就幫你回憶一下，你是不是在匆忙之中離開了劇院，然後從劇院旁邊的入口鑽進了地下通道，來到了自己的保險庫？」

袋熊老闆說：「對啊，是這樣啊！」

月光幻影一笑，露出雪白的牙齒：「其實你鑽進去的通道，是祕密小姐仿造的，這個房間嘛，也是根據你的保險庫改造而成的，甚至有一模一樣的防盜機關，不過籠子卻是塑膠做的。我們早就知道你不會輕易上當，所以故意讓你抓到我，讓你自鳴得意的講起自己的犯罪經歷，你絕對不會想到，這個房間其實在警察局裡，而門外全是警察！袋熊老闆，感謝你真誠的坦白。祕密小姐讓我轉告你，一切都在她的計畫之中！」

袋熊老闆咬著自己的金牙：「你們給我記住，我遲早會報仇的！我可不是一隻只會撅著屁股挖洞逃跑的袋熊！」

月光幻影幸災樂禍的鼓了鼓掌：「說得好，我記住了。不過現在，你還是去監獄好好反省反省吧，再見！」

月光幻影揮了揮手，做了個告別的動

作。達利牛警官伸出手，急忙對月光幻影說道：「等等，你也別走，留下來配合調查！」

月光幻影此時已經彈出滑索，躍到了半空中：「達利牛警官，不用留我吃飯了，以後我們會經常見面的！」

話音剛落，黑紅風衣在空中一閃，月光幻影就消失得無影無蹤，就像他從來沒有出現過一樣。他唯一留下的，就是一張寫著貓爪怪探團網址的白色卡片，對了，還有長頸鹿指揮的那根指揮棒。

幾天之後，金色劇院再次人潮湧動，伊洛拉樂團即將在這裡舉辦一場精彩的演出。不過這場演出不需要昂貴的門票，它屬於所有熱愛音樂的人。在演出開始之前，長頸鹿指揮拿著自己的指揮棒，向觀眾們深深鞠了一躬，說道：「觀眾朋友們，歡迎來到今天的演出現場。今天的第一首樂曲，請允許我們把它送給無所不能的貓爪怪探團！向維護正義的藝術致敬！」

祕密小姐的電台時間

第2集：誠信與合約

各位委託人，歡迎來到祕密小姐的電台時間。

在我們的日常生活中，誠信是非常重要的。誠信的意思就是誠實和守信用，只有大家都真誠守信、遵守諾言，我們的社會才能夠持續的良好運轉。有時候，我們還會把需要遵守的內容寫下來，由履行責任的人簽字確認，這就是合約。合約具有法律效力，受到法律的保護，如果我們違反了合約的內容，就會受到相應的處罰。社會正是在誠信的道德約束和合約的法律約束下，順利的向前發展的。

不過，各位委託人也要明白，透過暴力威脅或是欺騙手段簽訂的合約，是不受法律保護的喲！

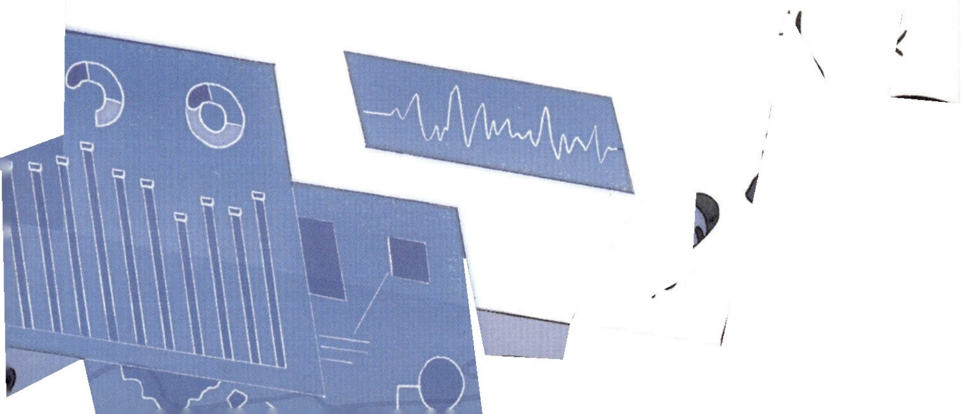

悲催的月光幻影
真酷！
這是多古力大師最新發明的飛行器，你試試！
抓小偷啊！
小賊！哪裡跑啊啊啊啊啊啊！
看來飛行器還需要繼續調整……
原來我是你的實驗品！

普頓河簽約儀式驚現神祕怪探

本週，我們榮幸的採訪到了貓爪怪探團的月光幻影！

豬亨達公司的豪豬經理狡猾無比，要揭穿他的陰謀可並非易事。普頓河簽約儀式上，貓爪怪探團的首次亮相可以說是大獲成功，這樣轟動的行動恐怕不是你一個人可以完成的。我很好奇，貓爪怪探團一共有多少人呢？

咳咳，實際上我們貓爪怪探團的成員散布在世界各地，數量更是數不勝數！

你在現實生活中是什麼身分？

這是一個祕密！但我可以悄悄告訴你，現實生活中我每天的工作就是遊走於各個社會群體之間（便利店的顧客們），而且每每都伴隨著極其恐怖的爆炸（微波爐爆炸）以及危險的金錢交易（被雪莉貓老闆扣工資）。

是什麼讓你決定成為一名怪探？

當然是因為欠……咳咳咳，當然是因為，我心懷正義，心向光明，心地善良的希望世界和平！

一名怪探需要具備什麼樣的能力？你通常每天都做些什麼？

不熬夜，不挑食，按時吃早餐，每天都鍛鍊身體，熟練使用滑索，丟石子百發百中，可以一口氣在大胃王比賽中吃一百個餡餅，掌握了這些能力，你也能成為一名優秀的怪探！

格蘭島上有一位有名的神探邁克狐，有人說，貓爪怪探團是對神探邁克狐的拙劣模仿，對此，你怎麼看？

什麼?!這是誰說的?!看我不……咳咳咳，怪探和神探雖然都有一個「探」字，但是我們的行事風格可是完全不一樣！神探邁克狐是抽絲剝繭的發現真相，而我們貓爪怪探團則是接受委託，懲罰壞人！
（小聲）再說了，邁克狐的體力能跟我比嗎？1000公尺賽跑我讓他一條腿都能跑得比他快！

目前，伊洛拉群島的很多居民都是你的粉絲，他們把你當作榜樣，甚至也想加入貓爪怪探團，你有什麼想對他們說的嗎？

謝謝大家的支持與厚愛！我已經在練習簽名了！

答粉絲問

用戶名為@啾多希望早日退休的朋友發來私信：

月光幻影，我是你的粉絲啾！貓爪怪探團……好特別的名字啾。對了，還沒有自我介紹呢啾，我是一名上班族啾，每天都要早起啾……（此處省略800字）啾，其實我的心裡一直有一個疑問，每天，我都會光顧一家名為貓爪便利店的地方啾……貓爪怪探團……和貓爪便利店會不會有什麼關係呢啾？（我覺得可能性很小啾！貓爪便利店的尼爾豹可是一個沒什麼上進心的傢伙啾！總之，月光幻影我愛你啾！）

相信我！絕對沒有關係！另外你說的那個貓爪便利店的尼爾豹，雖然我沒見過，但光聽名字我就能感受到他是一隻又帥氣、又勤勞、特別有藝術天賦，還很有上進心的完美雪豹！

用戶名為@娜娜米在長高的朋友留言道：

貓爪怪探團，感謝你們將我從豪豬經理的手中救出，讓我和爸爸得以團聚。從現在起，你們就是我心中的大英雄，我已經上小學三年級了，身體也在茁壯成長中，再過5個月就是我10歲的生日了，我最大的生日願望就是到時能夠加入貓爪怪探團，和你們一起行走江湖、行俠仗義！你們可以滿足我這個小小的願望嗎？

娜娜米，提前5個月祝你生日快樂！另外，雖然我行俠仗義很帥、很厲害，但上學學知識也很重要！所以等你大學畢業之後再來跟我一起行走江湖、行俠仗義也不遲！

國家圖書館出版品預行編目（CIP）資料

貓爪怪探團・混沌時代篇1：百萬名畫失竊案／多多羅著. -- 初版. -- 臺北市：臺灣東販股份有限公司, 2024.12
122面；14.7×21公分
ISBN 978-626-379-644-7（平裝）

859.6　　113015650

本著物之版式及圖片由中信出版集團股份有限公司授權。

本書透過四川文智立心傳媒有限公司代理，經珠海多多羅數字科技有限公司授權，同意由台灣東販股份有限公司在全球獨家發行中文繁體版本。非經書面同意，不得以任何形式任意重製、轉載。

貓爪怪探團・混沌時代篇1

百萬名畫失竊案

2024 年 12 月 1 日初版第一刷發行

著　　者　多多羅
繪　　者　丁立儂、脆哩哩
主　　編　陳其衍
美術編輯　林佩儀
發 行 人　若森稔雄
發 行 所　台灣東販股份有限公司
　　　　　＜地址＞台北市南京東路 4 段 130 號 2F-1
　　　　　＜電話＞(02)2577-8878
　　　　　＜傳真＞(02)2577-8896
　　　　　＜網址＞https://www.tohan.com.tw
郵撥帳號　1405049-4
法律顧問　蕭雄淋律師
總 經 銷　聯合發行股份有限公司
　　　　　＜電話＞(02)2917-8022

TOHAN

貓爪怪探團

土撥鼠情報隊
土撥鼠情報隊

貓爪便利店
貓爪便利店
雪莉猫